輝く、スカイブルーのドーム／実子虐待の真相

近藤 美津枝
KONDO Mitsue

文芸社

目次

輝く、スカイブルーのドーム

あの貴婦人が静かに静かに、ホームに入ってきた。特等席には誰が乗っているのかな。フカフカの温かいソファーの座席、一等席には誰が乗っているのかな。

特等席には、きっと、ひろこちゃんが乗っている。

ひろこちゃんは一歳にもなっていない時ホンコンカゼに感染した。「白い便が流れ出てる」と母親が電話で言ってきて、「それは普通のかぜではない、ホンコンカゼだから早く大きな病院に連れて行きなさい、早く行きなさいよ!」と伝えた。こちらはすぐ大きな病院に行ったとばかり思っていた……。

ところが、二日か三日後、母親から「近くの先生が大丈夫と言ったから病院には行かなかった」と、聞かされた。「大きな病院に連れて行くと沢山のお金が掛かるから……」そんな母親の思いのせいで、ひろこちゃんは身体障害者になってしまった。

その後、数カ所の病院に連れて行ったが、母親は自分の失敗をひた隠しにして本当の事を話さないので、病院の方は、身体障害者になってしまった理由が解らなくて、検査に検査を重ねることになる。まったく必要のない検査を繰り返され、時には過酷な検査で、十三歳のひろこちゃんは泣き叫ぶ時もあったという。そして、苦しむだけ苦しめられ、生みの親の罪を全部、背負って去って行った。

「先生はあんたが可愛いから、可愛がって上げたいから」

なんの知識もない幼い子を担任は言葉巧みに強姦した。その後、担任は少女を脅迫した。

「今の事、絶対に誰にも言うな、言うたら先生との関係、組の皆に言うからな、お前の親にも話すからな、解ったな」

恥ずかしさと屈辱にまみれ、呆然として正気を失った少女は、小学校の屋上から飛び降りた。校長も他の先生方も薄々感づいているが、関わり合いになりたくなくて、誰も知らなかったことにし、やがて、何もなかったことにして、少女の被害は揉み消された。沢山の子ども達の被害は、大人の不当な、責任逃れと無責任で消し去られ、荒れた子ども達の世界を大人達は、子ども達のせいにしてきた。苦しみに苦しみぬき、最後に、人間としての誇りを、自らの命で訴え、去って行った子ども達。

スカイブルーのドームに漂って来たこれらの人達は皆、貴婦人に吸い寄せられ、フカフカの温かい座席に着き、安らぎに包まれ、笑顔を取り戻し、やがて深い眠りについた。

極めて理不尽に大人達の餌食にされ、去って行った子ども達。親、兄弟のために犠牲となった少女達の群れも、スカイブルーのドームに辿り着いた。

親しげに近づき優しく囁(ささや)いて、善良な人々を無防備にさせてしまう恐ろしい罠。貶(おとし)められ、恨みよりも自分の無知を恥じ、生きる手立てを見失った人々。飽くなき欲望に血迷った人々の作り出す闇の世界。悪意を秘めた善意。偽りの救済活動は善意ある人々を餌食にする。偽物の救済活動で個々の善意は闇に消えていく。

根底に潜む武器製造販売は若者達の恐怖と絶望と化し、戦いの恐怖に怯え正気を失わせ、若者達は自ら駆けだした。そんな死を讃え、鼓舞する狂気。犠牲となった少年達、若者達。恐怖に震えた人々の悲痛な叫び。

苦しみもがく人々と子ども達に、個々の善意は届かない。素朴な善意が、隠された闇を見抜くことは、極めて困難であり、危険を伴うこともある。

周りへの思いやりで生き抜いた人々。

身を挺し、苦しみあえぐ人々に尽くし続け、スカイブルーのドームに辿り着いた人達。

スカイブルーのドームに漂い来た人々は、輝く貴婦人に吸い込まれ、柔らかな温かい座席に着いて安らぎに全てをゆだね、微笑みを取り戻し、深い眠りに誘われていく。取り戻した微笑みの安らぎは、永遠の喜びへと続きゆく。

人類全てが、叡智に辿り着いた時、金色のラインと真っ白な車体、輝く貴婦人は、静かにスカイブルーのドームを離れていくだろう。安らかに眠る人々と共に。

実子虐待の真相

ある酷く寒い日のこと、それは何時のことなのか解らなかったが、

「お前は外に出ていろ」

といつもの厳しい口調で母に言われた邦子は、いつものことなので黙って表に出た。

軒下に行くと、いつものようにうずくまった。この時も、そこだけが日だまりになっていた。

姉二人が、何かを抱えて帰ってきて、軒下にいる邦子を見ると、慌てて抱えている物を後ろに隠しながら、家に入って戸を閉めた。

邦子は姉達が隠した物が何だったのか気になって、暫くしてからそっと、玄関の戸を自分が入る隙間だけ開け、姉達の声がする茶の間に近付き、僅かに障子を開けた。その隙間から、母と姉達が何かを食べているのが見えた。

邦子は障子を開けたまま表に出ると、音がしないように気を付けて玄関の戸を少しずつ閉めてもといた軒下にうずくまり、小さな石を拾って地面に絵を描き始めた。

(お母さんと姉ちゃん達に悪いことをした。見てはいけなかった。やっぱり私は悪い子なんや、お母さん姉ちゃん、ごめんね)

三歳の邦子は、涙ぐみながら地面に絵を描いていたが、心の中で、母と姉達に詫びていた。(見たらいかんかってん)と繰り返しながら。

悲しみが深くなり、声を殺して泣く小さな頬に、幾筋もの涙が流れていた。側を誰かが通っていくので、そんな人に顔を見られないように、地面に髪が着きそうになるまで首を垂れ、絵を描き続けた。

これも何時の日のことだったか解らないが夕食の時、煮付けの魚が母や姉達の皿にあった。下の姉が、

「お母さん、邦子のお魚は」

「邦子には一番栄養のあるとこ、やってる。魚は炊いたらな、栄養分は全部汁に出てしまうんや、そやから邦子には一番ええとこ入れてやったんや、解ったな、気にせんと早よ食べたらええねん」

「ふん、そうやったん、そんなら私ら出がらしか」

「そや、邦子は一番大事な子やからな」

「ふん、そうやったん、お母さんは邦子が一番大事な子やったんか」

姉達は邦子の皿に入っている〝ニコゴリ〟を見てから魚を食べ出した。

邦子は、魚の煮汁を全部一気にご飯に掛けかき込み、茶碗と箸を卓袱台に並べて、「ご馳走さま」と小さな声で言って手を合わせると部屋を走り出た。姉達が何か言ったが構わ

ずに外に出ると、いつもの場所にうずくまった。そして、しばらくぼんやりしていたが小石を拾うと、無心に絵を描き続けた。

何時の間にか、向かいの料亭の裏口に幾つもの電灯がつき、明るく地面を照らしていた。どれだけの時間が過ぎたのか解らなかったが、料亭の裏口から板前の小父さんが出てきて、

「嬢ちゃん、もう家に入り。寒いから、死んでしまうで、ほら、雪も降ってきたし」

邦子の手を取り、

「氷みたいな手や、早よ家に入らないかん」

引っ張って立たせ、玄関を少し開けて、その隙間から邦子の躰を押し込み戸を閉めた。邦子が振り返るとガラス戸に小父さんの影が見えている。小父さんは暫く戸の外に立っていたが、邦子が叱られている様子でもないので料亭の裏口に戻った。そこに女将さんが立っていて、「大丈夫か」と小声で言った。背の高い板前さんが頷き、

「女将さん、大将に言うたげたらどないです」

「可哀想やけど、他所(よそ)さんのことやでな」

「でも大将知らんのと違いますか、あんまりやで、この寒いのに毎日、毎日」

二人は話しながら仕事に戻った。

邦子は皆のいない廊下から奥座敷に行き、押し入れの中に入った。凍り付いた躰の震えが止まらなくなっていた。

下段には客用の座布団が積んであったので、その中に潜り込んだ。そして眠ってしまった。

微かに父の声が聞こえて目覚め、真っ暗な部屋に這い出し、明るい部屋に入り、父の側に座った。

「邦子、まだ起きていたのか、お腹が空いたのか、何が食べたい」

邦子は、黙って父の顔を見ながら、魚の煮付けを指さした。

「お母さん、小皿と箸、持ってきてくれ」返事はなかったが母が流しから上がってきて、小皿と箸を父の前に置いた。その小皿にほぐした煮付けを入れ、父は邦子に箸を持たせて、

「お上がり、ほかに、欲しい物はないか」

「邦子、さっきお前の分食べたやないか、ぎょうさん食べたやろ、それ食べたら早よ寝」

「急かせるな、邦子はお父さんの側にいたいだけじゃ」

父が言ってくれたが、邦子は慌ててかき込むと、皿と箸を畳の上に置き、奥座敷に駆け込んだ。そして先ほどまで眠っていた座布団の二枚目にもぐり込んで、また眠ってしまった。

覚めると朝になっていて、姉たちは学校に行ってしまっていた。

手洗いに行こうとして、裏庭に続く廊下に行くと、母親が手洗いから出てきて邦子を見た。

「お前よくも、性根（しょうね）入れ直したる。この横着者めが」

手を洗わないまま、邦子の髪を掴んで引きずり、自分の部屋に入ると邦子を部屋の真ん中に投げ出し、タンスの引き出しからもぐさと線香を取り出した。

そして、逃げようとする邦子を蹴飛ばして仰向けにひっくり返すと、小さな躰に馬乗りになって押さえつけてから、ゆっくり線香に火を付け、もぐさを摘んで額の真ん中に盛り上げ、火を付けた。

「堪忍、もうせえへん、堪忍」邦子は必死で泣き叫んで、首を左右に振ったので、燃えだしたもぐさが、右目の上に転んだ。

「熱いやろ、アホめが、今日は、ど根性入るまでスえたる」と言いながら、邦子の着ている物をはぎ取り、自分の足で邦子の両手を押さえ、胸の上にも腹にも、幾つもの藻草を積み上げて火を付けた。

我が子の躰中に火を付けまくって、快感に浸っていたタミは、邦子がビクとも動かなくなっているのに気が付き、慌てて邦子の躰から離れ、顔が引きつった。殺してしまったのかと思って慌てた。

暫く呆然としていたが、邦子の躰を奥座敷まで引き摺って行き、押し入れの中に隠した。自分の部屋で死んでいるのを誰かに見られては、自分が危ないと思った。それで座布団の中に隠した。邦子が勝手に押し入れの中に隠れて、窒息死したのだと夫に思わせるために。

しかし邦子は、その夜遅くに、意識を取り戻した。真っ暗な押し入れの中だったが、自分で入ったのかと思って這い出した。

家の中はシンと静まっていた。皆は眠ったのだと思いそっと表に出た。そしていつもの場所にしゃがみ込んだ。真夜中の凍て付いていた地面はすぐに邦子の体温を奪い、邦子は再び意識を失った。

電柱に取り付けられている街灯の明かりだけの早朝、板前の小父さんが出勤してきて、軒下にうずくまっている邦子を見つけ、抱え上げると、調理場に続く座敷に運び、邦子にまだ脈があるのを確かめてから、座布団を二枚敷き、板前達の衣類を集めて掛けると、急ぎ湯を沸かして空の酒瓶に詰め、邦子の周りに置いた。

ここまで夢中でやってから気が付き、長い廊下を奥に進み、

「女将さん、旦那さん、すまんけど起きて下さるか」と言った。

「何や、どうしたん、利さん」すぐに女将さんが羽織を引っ掛けて起きてきた。

「早ように、済まんことです。向かいの嬢ちゃんが」

「どうしたん、何があったん」

日頃の邦子の様子を知っている女将さんの声が引きつり、板前の後を追って廊下を走り、板前の着替え室になっている座敷に入って、寝かされている邦子を見ると、

「なんでや、どういうことや、こない早ように、助かったんか」

「息あります。夜中に放り出されたのかな」

「凍死すること、解ってるやないか、そないに要らん子なんか、酷すぎる」

「警察に届けますか」

「こんなに早よ、病院開いてへんし」女将さんは別のことを考えていた。

「湯たんぽ入れてあげたから、少し顔色出てきました」

「そうか、ほな、助かったんやな、利さん、大将出てくるのよう見てて」

いつも落ち着きのある女将さんが、かなり慌てて、自分で何を言っているのか解っていなかったが、板前さんもつられて、

「解りました」と言っていた。

女将さんは暫く、邦子の側で、顔色を見たり脈を取ったりしていたが、身支度のため奥に入った。

「早よからどこ、行ってたんや」料亭の主が起きてきた。

「お向かいのクニちゃんが表で死に掛けてましたんや」

「それで」

「利さんが見付けて、ウチで暖めて」

「助かったのか」

「はい、助かったわ、可哀想に、顔色ようなってきたから大丈夫みたいや」

「お向かいに知らせたんか」

「まだです」

「何でや」

「そやかて、ウチが助けたこと知ったら、クニちゃんがもっと酷い目に遭うから」

「アホやなお前は、こんな時は騒ぐんや、警察に知らせたんか」

「いいえ、近所の人起こすことになるから」

「起こしたらええのや、皆で大騒ぎしたら向かいの大将も日頃クニちゃんが虐（いじ）められとること、よう解るやないか、内緒にしたらあかんのや、こんなことは」

「そうでしたな」

「そうでしたて、お前解ってるのか」

「そない何回もキツイこと言わんでええわ、解ってる言うてるのに」

夫に言い返して、女将さんは急いで邦子が寝かされている部屋に戻った。

若い板前見習が一人来て、邦子を見ながら、

「兄さん、どないしたんですか、この子」

「仕入れに行かないかんし、こない早よ出勤せんわな、普通の会社は」

「えー、何、何のことですか」

「大将、見張ってたら」そこへ女将さんが来て、

「利さん、出かけないかんやろ、後、私がみてるわ」

「すみません、いらん仕事つくってしもて」

「何言うてんのや、この子、利さんのお陰で助かったんや」

「そな行ってきます。お願いします」

「解った、頼んだで」板前さん二人が市場に出かけた。

女将さんは邦子の額を触って、温かくなっているので安心して、家族用の台所に行き、冷やご飯で玉子粥を作って邦子の側に戻った。暫くして邦子は意識を取り戻した。

「良かった」女将さんは涙ぐんだ。

邦子が身を起こし、向かいの小母さんの顔をじっと見た。

「クニちゃん、温かいお粥さんや、これ食べて元気になろな、さ、お上がり」

邦子はお粥を見ていたが、母に叱られないかと思って手を出すことが出来なかった。

「お母ちゃんに怒られると思てるのか、小母ちゃん言わへんから、心配せんと、温かいうちに早よお上がり」と言って邦子の小さい手に木の椀を持たせた。お椀の温かさが邦子の手を暖めた。

「さあー、早よお上がり」

木のサジを持たせ、邦子がお椀を落とさないように手を添えた。

一サジ、二サジ、口に運びながら、粥の温かさが口に広がって、邦子の頬に涙が落ちた。それを見て女将さんが声を抑えて泣いているのを廊下で亭主が見ていた。

邦子はこの時、女将さんの前で涙一粒こぼしたが、後は口を堅く閉ざし、顔から表情がなくなった。三歳の幼い邦子が、言葉も表情も失ってしまった。

『急なことですが、今月の常会場所を変更します。日付は変わりなく、十日の午後七時、場所は八木料亭の奥座敷集合となりましたので、お間違いのないように』

との回覧板が廻ってきた。八木亭近くの路上で、数人の小母ちゃん達が立ち止まって、

「八木さんとこ、お商売忙しいのに、常会してくれはるのやて」

「今月は吉田さんとこやのに何で急に変わったん」

「さあ、知らんで、なんでやろ」

小母ちゃん達の話は、いっ時、声を潜めたり、賑やかに笑い合ったり、とりとめもなく続いていた。

その夜遅く、八木亭の主が邦子の家を訪ね、

「園部さん、今度の常会ウチでやるけど、一時間ほど、早よ来てくれるかな、ウチの者、店で手一杯やで、支度する者がおらんので」と父に話していた。

表まで送りに出た父に、「クニちゃんだけ連れて来たってや」と小声で言って、板前さん達のいる料亭の裏口に急ぎ戻った。

そして十日の夜、父は邦子だけを連れて八木亭の立派な冠木門（かぶきもん）を入ると、庭伝いに別の小さい玄関に行って、呼び鈴を押した。女将さんが急ぎ出てきて、奥座敷に通された。すぐに亭主が出てくると、女将さんは邦子を連れて自分の部屋に行った。卓袱台には、邦子のために干菓子が用意されていた。

奥座敷では亭主が、

「園部さん、実はな、ウチの板前が朝暗いうちに来て」と先日の出来事を話した。

自分の娘が凍死寸前のところ、向かいの板前さんに助けられたと知った園部耕吉は愕然

とした。頭の中が白けて、空っぽになった感じがした。

何を言って良いか解らなくて、俯(うつむ)いていた。そこへ女将さんが小走りに来て、

「クニちゃんが」と声を詰まらせた。

「どうした」と亭主。

「クニちゃんの声、出んようになってる」

「えー、ほんまか」

「一生懸命、何か言いたげやけど、声、よう出しはらへんのや」と女将さんがオロオロ泣いた。

「何ということや」亭主は黙ってしまった。

少し離れた別の寄り合い部屋に、近所の家主達(やぬし)が集まって賑やかに雑談を交わし合っている声が、先ほどから廊下伝いに僅かに聞こえていた。

亭主が、

「園部さん、儂(わし)が、あんたさんに指図することと違う、ご自分のお子や、な」

と言ってゆっくり立ち上がり、皆が集まっている広間に向かい、やがて町内の常会が始まった。

翌朝、耕吉は邦子を連れて家を出た。それを向かいの若い板前が見ていて、女将さんに報告した。女将さんは邦子がどうなるかと心配していたので、邦子を連れて出勤したのだと思い、幾分か安心した。

邦子を連れて会社に着いた耕吉は、若い女工さんを呼び、医務室が開いたら連れて行ってくれるように頼んで、昨日、料亭の女将に貰ったお菓子の包みを女工に渡した。昨年の春、小学校を卒業したばかりの女工は、

「職長さん、今日はお守りだけで良いのん」と嬉しそうに言った。

「危ない所、連れて行ったらあかんで、休憩室で遊んでやって、この子、絵描くの好きやからな。医務室に行くこと、忘れんとな」

「解りました。名前何と言うのん」

「邦子や」

「クニちゃん、クニちゃん行こ」二人は手を繋いで、医務室の方に行った。

耕吉は安心して、職場に続く事務所に入った。

昼、少し早めに医務室に行くと、角に並べたベッドの上で、若い女工と邦子の二人が、医師から貰ったのか、大きな紙に絵を描いていて、耕吉が入ってきたのに気付かなかった。

医師が耕吉に、隣の薬棚が並んでいる部屋に入るよう、無言で指し示した。

「酷い折檻（せっかん）受けてる。躰中、灸（きゅう）の酷い傷だらけや」

「そんな」

「連れてきたのは正解やったで、園部さん。クニちゃん口きけんようになってる、それとも生まれつきか」

「いや、そんなことはない」

「奥さんか」

「そうです。そこまで酷いことしとるとは」

「気ぃ付かんかったんか」

「申し訳ない、邦子に申し訳ない」

「どうする、躰だけやないで、顔にも灸の痕がある。女の子の顔に傷付けてしもてる。あの子、奥さんの子か」

「えー」耕吉は医師の言葉の意味を暫く考えた。

「儂、外でおかしなことしたことない、間違いなく、彼奴（あいつ）の産んだ子や」

「それであそこまで酷いこと、ようやったな。クニちゃんの表情、のうなってしもてるがな、口はきけんようになってしもてるし」

　医師は診察室に戻って、邦子の躰を耕吉に見せた。

小さな胸の上一面、二十カ所あまり、大きな火傷の痕が、赤光りしていた。右目の上にも、同じ傷がかなり大きくあることに初めて気が付いた。

「園部さん、この子の着ている物、見てみ」と言われて耕吉は、邦子が着ている衣類を改めて見た。

　部屋は温かいので、肌着の胸が開けられている。黒ずんでボタンすらない肌着の上に、裾のほつれた毛糸の服を着ていた。

あるものを自分で着たのか、着せられたのか解らない。来た時はその上から、羅紗（らしゃ）のオーバーを着ていた。はかされている下穿きもかなり黒ずんでいる。

みな姉たちのお古らしくて、かなり傷んだ物ばかり着ていた。

耕吉の頭に血が上った。顔が赤くなっていた。

「全く気付かなかった」

「どうする、毎日ここに連れてくるわけにもいかんし」

「考えてみます」

「クニちゃん、ご飯食べに行こか」医師がかがみ込んで言った。

「井出さん、昼からも見てやってくれる」

「はい」少女は邦子と手を繋いだ。

「そんなら、皆一緒に食堂に行こか」と医師。

「ウチも行っていいのん」

「井出さんも一緒に食べてやってくれるかな」

「はい」

少女は、職長に頼まれたのが嬉しくて元気よく答え、邦子の手を確り握り、社員食堂に向かった。

邦子は、温かいうどんを夢中で食べた。一生懸命に食べた。お汁も小さな手で丼を傾けて飲んでしまった。そして、小さな手を合わせた。

医師と父がそれとなく邦子を見ていたが、父の表情が今にも泣き出しそうになっていた。

その日の夕方、現場監督を他の人に代わって貰った耕吉は、邦子を抱いて商店街に行った。宵の口でかなりの買い物客がいた。

衣類店に入り、邦子のために、下着類と、上下に分かれた服を数点買い、左手に邦子を抱き、右手に荷物を提げて家に帰った。

父は自分の前に加寿子と順子を座らせ、膝に抱いた邦子の胸をはだけて、二人の姉に見せながら、

「邦子はお前達の妹やな」と言って二人の顔を見ていた。八歳の加寿子が、

「汚い、病気か」と言って顔をしかめた。順子は吃驚(びっくり)して、じっと邦子の胸を見ていた。

「加寿子、お母さんが邦子に、こんな酷いことしたんや」

「邦子が悪いことするからやろ」

「邦子が何を悪いことしたか、言うてごらん」

「お母さんいつも邦子のこと、悪い子や言うてるで、こんな子欲しなかったて」

「お母さんがそう言うてたのか」

「そうや、そやから私も、邦子は要らん子やと思てたわ」

「そうか、そしたらお父さんが加寿子のこと、要らん子や言うたらどうする」

「お父さん、私、要らん子なん」

「お父さんがそう言うたら、加寿子はどうする、悲しくないか」

「悲しい」

「そしたら何故、邦子は要らん子なんや、お前も邦子も、お父さんの子と違うのか」

「そやけど、お母さんがいつも、邦子は要らん子や言うから」

「順子はどう思う」

「お父さん、それどうしたん」順子が邦子の胸を指さした。

「お母さんがこんなに沢山、お灸スえたんや」

「邦子病気やから、そんなに沢山お灸スえたん」

「違う、お母さんは邦子を虐めていた。邦子にこんな酷いことをした」

「邦子、可哀想や、そやからお母さん、邦子にお魚食べさせへんかったんや」

「そうなんか」父の言葉に順子が頷いた。

「これから、お前達だけお魚食べて、邦子がない時、どうする」

「私の半分上げる」

「そうか、加寿子はどうする」

「そいでもお母さんこの前、邦子は一番可愛い子やから、一番栄養のあるとこやった、言うたで、何も虐めてへんやん」

「それで一番栄養のあるとこ言うて、お母さん邦子に何食べさせた」

「邦子のお皿、ニコゴリやった」と順子。

「それだけか、お母さんは邦子にニコゴリだけ食べさせたのか」順子が頷いた。

父は娘達に、穏やかな声で話しているが、その顔は厳しくなった。

「お前達、邦子を可愛がって、大切に世話してやれるか、それとも、お母さんと一緒になって邦子を虐めるか、どっちにする」

「私は邦子を大切にする」と順子が素早く答えた。

「加寿子はどうする」

「お母さん。何も邦子虐めてへんやん、お母さん、御飯食べるたんびに、邦子は一番可愛い子や言うてるで」

「加寿子がもし、自分だけお魚食べさせて貰えなくても悲しくないか」

加寿子は父がジッと優しくない顔で見ているので少し怖くなり、黙って俯いた。加寿子は父の優しくない顔を初めて見た。順子は父の顔を見ながら、(お父さん、カズ姉のこと怒ってる)と思った。

中廊下の障子がガラッと勢いよく開き、タミが立ったまま、耕吉をにらみ据えた。

「あんた、子どもらに何教えてんねん」

「お前とは後で話そう、今、子どもらと話しとるから」

「ワテの悪口やろ」

「子どもらの前で声を荒げるな」

「ワテ除けといて、こんな所で子どもらに、散々ワテの悪口言うて、ワテを悪者にする気か」

「タミ、いい加減にせんか、あっちに行っとれ」

「なんでやねん、ワテの悪口そんなに子どもらに聞かせたいんか」

「タミ、邦子にこれだけのことしておいて、お前、儂に隠し通せると思とったんか」

「何も隠す必要ないわ、四人も女の子要らん言うてるやないか、邪魔になる、世話やかしおって」

「自分の産んだ子やないか、何故、他の子と同じに出来ん」

「そやから、四人も女の子要らん言うてるやろな、解らんのか」

　耕吉は邦子を膝から下ろし、

「順子、見ててあげなさい」と言ってからタミを廊下に突き出し、後ろ手に障子を閉めて、

「あっちの部屋に行け」タミの手首を掴んで、八畳の茶の間に入った。

　真ん中に四角い卓袱台が二つ、くっ付けて置いてあるが、茶碗や箸は未だ並んでいなかった。夕飯は通いの家政婦さんが作ってくれている。耕吉の座る場所だけ、座布団が敷かれていた。それに座ると、

「座れ」

「何や、偉そうに」

「恐ろしい女やなお前は、自分の産んだ子を、ようも要らんかったやと、ここまで来てまだ言うか」

「そうや、見てるだけで胸くそわるいわ、早よどこぞにやってしもてんか」

「お前が出て行ってくれ、お前のような滅茶苦茶な奴、子どもらのためにおらん方が良い」

「そな、子どもらの世話、誰がすんねん」

「お前一人より、家政婦、二人来て貰った方が安く付く、お前おらんでも何の支障もない、あんまり大きな面(つら)するな、儂に向かって」

「そんならやりいな、出て行ったるから」

「お前がおる方が心配じゃ、出て行くなら、さっさと出て行ってくれ」

「帰ってきてくれ言うたて、あかんで」

「誰が、早よ行け、馬鹿者めが」

　タミはこれまでの二十年間、一度も言葉を荒げたことのない耕吉を、侮(あなど)りきっていた。それで咄嗟(とっさ)に相当な強気に出たが、誤算となった。しかしここで負けることは出来ない
(彼奴(あいつ)、凹ますまで闘こうたる)と思いながら次の間で、風呂敷を広げ、数枚の着替えを包んだが、どこに行けば良いのか思い当たらない。そんなタミの様子を、耕吉が茶の間に座ったままジッと見ていた。

(恐ろしい女やな、こんな奴置いといたら邦子が殺されてしまう、自分が産んだ子に対して、ようもあれだけ酷いことしよったな)

引き留めるかと思っていたが、耕吉は何も言わないで、厳しい表情をしたままジッと見ている。タミは風呂敷包みを提げて玄関の三和土(たたき)に降りた。耕吉の引き止める声がない。仕方なく玄関を開け、思いっきり、力任せにガチャンと閉め、表通りに出た。そして足は自然と姉の嫁ぎ先に向かった。

街の灯りが賑やかに映えているのが、尚のこと腹立たしく感じながら。

「今頃、何しに来たんや」と呆れ顔に言う、姉の顔を想像しながら寒い中を歩いた。

夕飯の支度は出来ていたので、耕吉は子ども達を茶の間にそれぞれ座らせ、小学二年の加寿子に手伝わせて夕飯に掛かった。鯖の煮付けは人数分あったので食べ出したが途中で気が付いた。タミがいないのに、一切れ残っていない。(奴め最初っから邦子に食べさせない積もりか)と思い、でも家政婦さんは人数分作ってくれたはずだと探した。その一人分は、蓋の付いた小鉢に入れて、氷の入っていない冷蔵庫の中にあった。

いつものように、耕吉の酒の肴用に一皿、ナマコの酢の物もあったので出し、子ども達三人に分けた。加寿子が、

「これ、ヌルヌルしてて、気持ち悪い」と言って食べ残した。順子と邦子は黙って食べてしまった。

ミカンを篭に盛って卓袱台に置き、

「順子、邦ちゃんのミカン剥いて上げなさい、良いな」と言って部屋を出て行き、玄関の間に入り、家政婦協会に電話した。

「急なことで申し訳ありませんが、一人か二人寄こして下さらないですか、何もして頂かなくて良いのです。ただ、子どもら三人のお守りだけ頼みたいので」

電話は二十分ぐらい続いて、やっと終わった。

子ども達の所に戻ると、加寿子に後片付けを手伝わせた。順子は父から熱く絞った布巾を二枚渡されて、卓袱台を拭いた。邦子も布巾を持って卓袱台を拭いていたが、二人で拭く競争を始めた。順子一人の笑い声が流しに届いたが、邦子の声はなかった。それで父がソッと二人の様子を障子の陰から見た。

邦子は一生懸命、小さな手に布巾を握って拭きながら、時々順子を見て僅かに口を動かしているけれど声は出ていない。声を出そうとしているようだが声が出ていなかった。

表戸が開き、「今晩は」と声がした。

耕吉が急いで、流しから続いている玄関へ、土間伝いに出た。

「家政婦協会から来ました。園部さんですか」

「はい、そうです」

「明日、こちらさんに寄せて頂く、村田です」

「急なお願いで申し訳ありません。ちょっと、上がって頂けますか、お世話をお願いする子どもらがいますので」

「では、失礼致します」

玄関の間から上がって貰って奥の茶の間に案内した。

順子達三人が、誰かと言った顔付きで部屋に入ってきた女性を見た。

「お嬢ちゃんばかりですか」

「そやけど小さいのばかり、三人もいるので、難儀お掛けしますけど」

「いいえ、女の子は温和しいから、可愛いお子ばっかりや」

未だ、三十代前半らしい女性は、かなり窶れた感じがしたが、小綺麗で優しさが滲んでいる。村田さんは暫く、三人の子を相手に話していたが、時々子ども達の笑い声が上がったりしていた。その間に、熱いお茶を用意して村田さんに出しながら耕吉は、この人なら安心だと思った。

「明日は、お前達のために小母さんが来て下さる。小母さんを困らせないように、温和しい子でいられるか」

加寿子と順子が同時に、

「はい」と言った。村田さんが、

「明日、朝、何時に来れば良いですか」

「私は毎朝七時に出勤します。しかしそんなに早く来て頂くわけに行きませんから」

「いいえ、大丈夫です。それでは七時前には来ますので、宜しくお願い致します」

「こちらの方こそ、宜しくお願いします。助かりました」

村田さんを送って玄関まで出た耕吉に、

「お尋ねします。クニちゃん、声が出てはりませんが生まれつきですか」

「いや、実は家内が、邦子に対する憎しみが強くて」

「それでは、神経的な病気に」

「真にお恥ずかしいことですが、えらい気性のヤツで、邦子が可哀想で、おらん方が良いのです」

「解りました。クニちゃんを確り守ります」と言って村田さんは帰った。

この後、加寿子の学校の支度を見守ってから、風呂を沸かし、一人一人の着替えを茶の間に用意した。邦子の寝間着がないので探したが見当たらない。聞くと、邦子が押し入れの篭を指さした。姉達のお古ばかりが畳みもしないで、突っ込んであった。

「いつもこれを着ているのか」

父に言われ、邦子は恥ずかしそうに頷いて、俯いた。

「今までいつも自分で、この中から探して着ていたのか」

俯いたまま頷き、顔を上げた邦子の目に涙があった。

「済まんことをした。明日はお父さんと新しいの買いに行こな」

邦子は、唇を噛み締めて、強く頷いた。

(明日、邦子の寝間着を買いに行くことにしよう。今日は仕方ない、こんな汚い物、着せられない、全部捨てよう)と思い、篭ごと廊下に出し、シャツを着せて寝かすことにして、歯を磨かせようとしたが、邦子は歯の磨き方を知らなかった。

「順子、来なさい」

「お父さん何」

順子が吃驚して廊下を走って来た。

「順子、邦子に歯の磨き方、教えてあげなさい」

父は邦子の世話を全部、順子にさせる積もりでいた。

加寿子はさっさと先に磨き、一人で風呂に入った。風呂の中で、

(お父さんは、お母さんを放り出してしまいよった)と悲しくなっていた。それで何も言わないで一人、先に、布団に潜り込んだ。

（今日はかなり疲れた）と思いながら耕吉は、買ってきた袋から邦子の服を取り出し、娘達の枕元にそれぞれ、明日の朝、着る服を並べた。

翌朝、父に起こされ、三人は身支度をした。

毎日、早くから来てくれている吉見さんが用意してくれた御飯を食べていると、村田さんが、「お早うございます」と大きな声で言いながら、入ってきた。

「お早うございます」と父が答えたので、村田さんが茶の間に上がってきて耕吉に、両手を付いてもう一度、「お早うございます」と言った。

父は娘達の世話をしながら、

「お早うございます。早くから申し訳ございません。おウチの方は大丈夫でしたか」と尋ねた。

「大丈夫です。いつものことですから」と言って邦子の側に座った。

「旦那さんのお食事は」

「私は先に済ませました。吉見さん」と父が流しの方に声を掛けた。

吉見さんは今朝来て、耕吉から、村田さんが来ることを聞いていたので、すぐ、茶の間に上がって来ると村田さんに、「ご苦労さん」と言った。二人は同じ家政婦会の仲間だった。

「そんなら、後は私がお世話します。お出掛けになって下さい」と村田さん。

「宜しいですか、お願い致します。加寿子は学校に行きます。順子は幼稚園です。近所の子らと一緒に行きます。邦子のことお願い致します」

「解りました。どうぞ、お出掛け下さい」

そんな父と、村田さんの会話を娘達が不思議そうに見ていたが、加寿子と順子は、(お母さんの代わりの人や)と思った。そして急いで御飯をかき込んだ。

「私はいつも帰りが遅いので、それまで、留守番をお願い出来る方が必要です。それに、子ども達の夕飯も、お付き合いお願いしたいし、お一人では大変なので、済みませんが、家の電話使って貰って、明日からもうお一人、来て頂けるように、手配しておいて頂けますか」

「解りました。話しておきます」

「では、宜しくお願い致します。行ってきます。今日は早く帰ってきます」

それだけの話をして表に出て、

(良い人が来てくれて良かった。これで娘達のことは心配ない)と思いながら急いだ。早足で職場まで二十分、紡績会社は戦局が激しくなり出してから、政府の命令で次第に軍需工場に変わっていった。

夜遅く、姉の家に転がり込んだタミに、

「御飯食べたんか」と聞く姉。

「まだや」

「お茶漬けだけでええか」

「ええで」

「また、しょうもないこと言うて、飛び出してきたんやろ」

タミは黙っていた。

「子どもほったらかしといて、何回もようやるな、お前は」

「彼奴(あいつ)が悪いから」

「また耕吉さんに謝らして、迎えに来てもろて、それで気い済むんか」

姉の夫は早々に、新聞を持って茶の間から出て行った。

「早よ、御飯食べて寝なはれ」

十歳年上の姉は、末っ子のタミの気儘(きまま)ぶりはよく解っている。内心（旦那がよう堪(こら)えとるわ）と思った。

この姉もタミも、耕吉が夜遅くになっても迎えに来ると思っていたが、来ないまま五日が過ぎた。タミも口先では毒付いているが内心不安になっていた。

その夜、姉の夫がタミの目の前で、

「多恵、帰って貰え、ええ気楽に子どもほったらかしといて、これ以上、いて貰ってはならんぞ」と言って、寝間に入ってしまった。

多恵自身も、毎度転がり込んでくる妹に、うんざりしていたところなので、

「これ以上あかんで、あしたの朝帰りや、おかしなこと、ならんうちに」

「おかしなことって」

「子ども四人も五人もおって、何時(いつ)までアホやっとんや、帰って謝るんや」

「何でワテが謝らないかんねん、謝るのは彼奴(あいつ)や」

「あいつ、あいつ言うていい加減にしいや、何様の積もりやお前は。見てみい、なんぼ優しい耕吉さんでも堪忍袋の緒が切れたんや、迎えに来てくれんやないか。帰って謝るんや、解ったな」

「解った」とタミは、何か大変、不当なことを言われたような気がしながら、渋々、答えた。十歳年上の姉には勝てなかった。

翌朝といっても既に昼前。タミはバスに乗って、阪急伊丹駅前で降り、駅前の商店街で、自分が昼食べる分だけ、巻き寿司二本と、饅頭十個買い、のんびり家に向かった。

表戸が開かない。それで初めて、家の鍵を持って出なかったことに気が付いた。

加寿子は学校で順子は幼稚園、それなら邦子一人でいるのかと思いながら、「邦子、邦子、戸開けんか」と怒鳴った。何回か繰り返したが、家の中からは、何の物音もしない。

「彼奴、連れて行きよったんか」と呟きながら、どこか入るところはないかと探したが、どこを壊すことも出来なくて、表で立ち往生していた。

家の中で、タミの怒鳴り声を聞いた村田さんは、ソッと表の施錠を確認してから邦子を抱いて、一番奥の部屋に入り、昨夜家で作った〝おじゃみ（お手玉）〟を取り出して、遊び方を邦子に教えた。

邦子は教えられたとおりにして一心に〝おじゃみ〟で遊び、すぐに上手になり、能面のように全く表情のなかった顔に、微かな笑みが蘇った。

村田さんは思わず邦子を抱きしめながら（自分に気を許してくれた）と喜びを感じた。

その間もタミは大声で、表の戸をドンドン叩いていたので、一人二人と、道行く人が暫く足を止めて見ていた。それに気付き、幾らタミでも少しは格好悪くなったのか、どこかに行ってしまった。

二時過ぎ、必要な買い物をして、年配の家政婦さんが来た。

以前から夕飯だけ作りに来ていた河野さんで、村田さんと話し合った結果、二人で夕飯

を作り、子ども達に食べさせ、後片付けが終えたら、村田さんは先に帰ることになってい
た。

　河野さんは以前より、この家のことは全て知っていたが、邦子のことを知ったのは初めてで、大変な驚きだった。でも（あの奥さんならやるで）と納得し、

「旦那さん、お人が出来過ぎてるから、それがかえって失敗したんや」

「夫婦って難しいな、片方が出来過ぎたら、片方が付け上がるし」

「奥さんの方も、せめて旦那さんの半分でも賢かったら良かったのに」

「遊ぶことしか知らない人、奥さんにしたら、えらいことになるな」

「それにしても、お子達が皆賢いから、助かってるわ」

「ほんまや、人事（ひとごと）やないねん、長いことお世話になってるから」と河野さん、「どんな経緯か知らんけど、何であんな出来の悪い人、奥さんにしたんかな」

「人間て、自分と全く正反対の人好む言うからな。ああ、そうや河野さん、クニちゃんがおじゃみ喜んでくれたで」

「ほんま、それは良かったな」

「お顔の表情が少し明るくなったで」

「良かった、それで声、出しはったんか」

「いや、それは未だや、あんな、昼前、お母さんが帰って来たようやったけど、戸、開けんかった」

「開けたらきっと、えらいことになるで、旦那さん帰られたら話しとくわ」

「そうして。折角クニちゃん笑いかけたのに、このままもうしばらくお世話したら、声も出るようになるかもしれんし」

「よう、話しとくわ」そんな会話をしながら、夕飯の支度に取り掛かり、

「クニちゃん、お台所でおじゃみしよう」と言って、邦子を板の間に連れて来て、邦子のために座布団を敷いた。

二人が煮干しの頭を取っていると、邦子が真似て、ちぎり始めた。

「お上手やなクニちゃん、何さしても上手に出来はる、賢いお子や」小母さん達が喜んだ。賢いお子や、と言われて邦子は尚一生懸命、煮干しの頭を取った。後で小母さん達はこっそり煮干しのはらわたをちぎり直しながら、小さい邦子が、一生懸命に生きようとする姿が痛々しいと話し合った。

小母さん達も、子ども達と一緒に賑やかに夕飯を食べ、後片付けを済ませて、一日の勤務を終えた村田さんが帰った後、五十代の河野さんが、風呂の支度を始めた時、表戸をけたたましく誰かが叩いた。

加寿子が、「お母さんや」と言って掛け出したので、河野さんが慌てて引き留めた。

「お母さんが帰ってきたんやんか、何で止めんのん」

「お父さんのお許しがないのに、家へお入れ出来ませんのや」

「ウチのお母さんやで、何でや」

「お座敷に戻って下さい。私が誰かお聞きしますから」と強く言った。加寿子は渋々宿題をしていた部屋に戻った。この時順子は確り邦子を抱いていた。

河野さんが、戸を開けないで内側から、

「何方さんですか」と言った。

「身内の者です」

「今、この家のご主人はお留守です。留守番を預かっている者です。お身内でも勝手にお開けすることは出来ません。もう一時間もすればお帰りですから、その頃にまたおいで下さい」

「何言うてんのや、ここの奥さんが帰ってきたんやないか、早よ開けて」

「お開け出来ません。私はお子たちを守る責任がありますので、一旦お帰り下さい」

「解らんヤツやな、ワテや、開けんか、使用人の分際でふざけんなよ」

「旦那さんがお帰りまで開けることは出来ません。お帰り下さい」

「ホンマに、言うても解らんのか、この家の奥様が帰ってきたんや、開けんか」

河野さんより、タミの傍にいる姉の婿が呆れ果てて、

「タミさん、あんた、エラい口やな、いつもそんな風に言うてんのか、まともやないで。留守番引き受けた責任がある言うてはんのや、出直すしかない」と話している男の声がして、去って行く足音を聞いてから、河野さんは子ども達の所に戻り、順子と邦子に、

「お父さんがお帰りまで、小母ちゃんがいるから大丈夫ですよ」と優しく言った。

八時過ぎ、耕吉が表まで帰って来て、自分の持っている鍵で表戸を開けた途端、タミの姉とその婿が、急ぎ背後に近付いて来た。その後ろにタミがいた。

「今晩は、夜分お邪魔します」とタミの姉。用件は聞かなくても解っている。

「どうぞ」と言うしかなくて、耕吉は先に入った。

「お父さんお戻りや」襖越しに河野さんの声がした。

順子が玄関の間に駆け出てきて、続いて邦子が駆け出てきたが、戸口に立っているタミを見て顔が引きつり、奥の間に逃げ込み、押し入れに潜り込んで震えた。震えが止まらなくなった。

河野さんに礼を言って帰って貰い、邦子が逃げ込んだ部屋に来て捜したが姿がない。何気なく押し入れを開けた父は、そこに気を失っている邦子を見て抱き上げ、そのまま何も

言わずに近所の医師宅に走った。

　順子のすぐ後ろに付いて出てきたのに、タミを見て逃げ出した邦子のことを、頭の中で繰り返し思い、考えながら、時間外に来たことを詫び、医師に話した。

　医師は、急ぎ処置したが、それから先はこの医師の範疇ではなかった。医師も、どうして良いのか、どう助言して良いのか解らなかった。

「継子虐め（いじ）はよく聞く話やけど、自分が産んだ子をここまで虐待出来るものかの、この子は完全に神経病んでしもとる」と言ってその後は思案していた。

　邦子を抱いて帰ってきた耕吉は、奥の座敷に寝かせてから順子を呼び、

「確り邦ちゃんを守っていなさい、お父さんが伯母さん達と話し終わるまで」

「はい、邦ちゃん確り護るよ、お父さん」

　順子は父の顔を見ながら懸命な思いで言った。

「そうか、良い子だ、頼んだよ」部屋の電灯をつけてから二人を残して、襖を閉め、タミの姉が待っている茶の間に行った。タミの姿がない。そこにいる加寿子に、

「お母さんは」と聞くと、

「風呂に入ってる」

「彼奴（あいつ）め」耕吉の表情が厳しくなった。

「そら自分の家に帰ってきたんやさかい、風呂ぐらい入るわな」とタミの姉。

「お前、わきまえろ」婿が叱った。

「なにがや、当たり前のこと言うただけやないか」

「さすが姉妹じゃ、よう似とるわ」

姉婿の安治はいつものことなので慣れていたが、耕吉の手前があって言った。

「それで、お二人揃うて、何か」

「タミ、引き取ってんか。こう再三来られたんでは、ウチがかなわん、ワテがこの人に怒られてばっかりや」

「私がお願いしたわけでない」

「そいでも」

「耕吉さん、さっきの様子見とって、何が起きていたのかよう解った。けど、タミさんが出戻ってくるのは、ウチではないので、よう話し合って、折り合い付けてもらわな、な、耕吉さん。度重なって来て居座られては、ウチがかなわん」

「彼奴め、言うて聞かすことも躾けることも出来ん。一言でも注意すると食って掛かってくるしか能がない。明日の朝放り出すから、お宅も置かんとって下さい。そうしないと、彼奴の性格直らんから」

「あんまり手荒なことしたらあかんで」タミの姉が言ったので、耕吉はその顔を無表情に、無言でみていた。

「よう話し合ってな」と安治。

「どう、話し合うのですか。儂(わし)も大概、近所に格好悪い」

「おい、多恵、帰ろ、ご本人は素知らぬ顔で風呂に入って、寝てしもとるのに、何で儂らがこないなこと、言い合う必要がある。帰ろ」と言って立ち上がり、さっさと玄関に出てしまった。多恵が慌てて後を追った。

耕吉が玄関の戸を閉めるために表に出ると、安治が引き返してきて、

「お互い百年の不作じゃや、今更、出直すことも出来んでな」と囁(ささや)いてバス停に向かった。


その夜、子ども達と同じ部屋に眠り、翌朝、子ども達と食事を済ませ、

「お父さんと邦子は先に出るから、加寿子は忘れ物のないように、順子、今朝は小母さん来ないから、幸(ゆき)ちゃん迎えに来てくれたら、幼稚園に行きなさいよ」

「お母さんおるやん、何で起きてけぇへんの」と加寿子。

それには答えないで七時少し前、邦子を連れて表に出た耕吉は、向こうから急ぎ足に来る村田さんに近づき、

「家内が帰っとります。お宅の方で一日、邦子をみてやって頂けませんか、八時に迎えに行きます」

「解りました。昨夜、河野さんに聞きました。ウチでお預かり致します。八時に家政婦会で、お待ちしています」

「良かったな邦子、小母ちゃんが一緒にいてくれるて、お父さんが迎えに行くまで、良い子でいなさいよ」

父の顔を見上げながら邦子はコクリとした。

耕吉は安心して会社に向かいながら（タミの奴、格好悪うて起きてこられんかったな。さて、どう話を付けてやるべきか）と思案しながら歩いた。


その夜邦子を連れて家に入ると、玄関の間の襖がいきなり開き、タミが、

「あんた、ご飯出来てるで、ワテも未だや、早よ食べよ、邦ちゃんお腹空いたやろ」

邦子が怯えて、父に縋り付いた。

耕吉はその邦子を抱いて黙ったまま奥座敷に入り、邦子を布団に寝かせて、暫く邦子の側にいてから、茶の間に行き、

「加寿子、順子早く寝なさい」

「まだ、九時になってへん」と加寿子、母親が帰ってきたので少し強気になっている。

「私は寝る」と言って、順子はすぐに立った。

「歯磨いたか」

「未だ、磨いてから寝るし、お父さん」

「良い子だ、そうしなさい。加寿子は」

「私も歯磨いて寝る」加寿子が渋々言った。

二人が茶の間から出て行ったので、タミは少々身構えた。

しかし耕吉は何も言わずに火鉢の側に座った。練炭の火が赤々と燃えていた。

その火をジッと見詰めながら、無言でいる耕吉に、

「あんた、早よ御飯食べよ、あんたの好きなナマコ作ってもろたで」

「いらん、飯は済んだ。そこに座れ」

「偉そうに、なんやねん」

「偉そうにて、もう一度言うてみろ、口の減らん奴め。何故帰ってきた」

「あんた、困っとるやろ思て帰ってきたったんやないか、待っとったくせに」

「なに」

「強がってもあかんで、ワテの前でぐだぐだ言うたって。早よ、それ、お酒、燗、出来て

るし」
「張り飛ばされたいのか」
「あんたが、ようやるか、アホらしい、やってみいな」と言って、薄笑いを浮かべている
タミの顔を、耕吉はじっと見た。
「言うてるだけかいな、叩きたいんやろ、ホレ、ホレ、叩きいな」タミは、耕吉の方へ右
頬を突き出した。その途端、卓袱台越しに耕吉の怒りが、思いっ切り跳んだ。
これまでの二十年、堪え抜いてきた忍耐が切れた。
タミは、起きるはずがないと自負していたことが起きたので、右手で頬を押さえながら、
唖然としていたが、耕吉をにらみ返して、
「一人でよう生きていかんくせに」と、力の抜けた声で言った。
「お前おらんでも何の不自由もないわ。お前一人養うより、家政婦さん二人来て貰う方が
安く付く、それだけの口が利けるのなら、お前一人で生きていけ」
言われてタミはふて腐れ、次の間に入り、布団に潜り込んだ。
耕吉は、新聞を広げたが読む気になれなくて、卓袱台の上に大きな布巾を被せ、火鉢に
蓋をして、風呂に入った。その間にタミは起き出して、
「折角張り込んで作ったったのに」

ありったけの物を胃袋に詰め込み、片付けもしないで眠った。

耕吉は、翌朝も子ども達と一緒に食事を済ませ、七時前に家を出ると、向こうから村田さんが急いで来てくれたので、邦子を頼んで会社に急ぎながら、タミが柄にもなく、「邦ちゃん」と、聞いたこともない猫なで声で言ったのが、みょうに心に引っ掛かった。

（少しは邦子を可愛がる気になったのかな、少し考えを変えれば済むことや、元々自分が産んだ子なんやから）と思ったのと、仕事の忙しさに紛れて、そのまま忘れてしまった。


同じような日々が過ぎて年を越し、順子が一年生になった春のこと、東京の叔父の家に下宿している長男の博幸が帰ってきた。

耕吉は夜遅く邦子を連れて帰ってきた。博幸は、予備校の成績と生活の報告をする積もりで、父のいる茶の間に入った。

タミは博幸の世話がしたくて茶の間に出てきた。

「博幸、幸子は」と父が先に聞いた。

「幸は帰らんて、帰ったらお母さんに邪魔されて来られんようになるから、学校が終わるまで家には帰らん言うとった」

「どういうことじゃ」

「この前、東京に戻るときお母さんが、珍しく僕を阪急の駅まで送ってくれよったが、僕を送るためやのうて、幸を東京に行かせんよう見張るために改札まで付いて来よったんよ。なあ、お母さん、そうやろ」

「お前、お母さんを裏切る気か」博幸の湯呑み茶碗を用意するために、流しに降りていたタミが怒鳴った。タミの怒鳴り声は何故か、すごく、不気味な迫力があった。

「お父さん」

「解った」父は後で話そうというふうに眼で合図した。博幸はそのまま二階の自分の部屋に戻った。

幸子が、自分も兄ちゃんみたいに東京で勉強したいと言った時、耕吉は弟に、幸子を東京の女学校に入れてくれるように手紙を書いた。当分の小遣いと一緒に幸子に渡し、

「叔父さんによく頼んどいた。安心して行きなさい、お兄ちゃん困らすなよ」

幸子は非常に喜び、急ぎ自分の部屋で支度していた。

(恐らくその後でタミが「行くな」と、幸子を脅したのだろう、それで母親に隠れて兄に付いて行ったのか。それで、学校を卒業するまで帰れないと思い込んでいるのだ、可哀想に)

耕吉は苦々しい思いでいた。

遅い夕食を終え、自分で後片付けを済ませてから博幸の部屋に行き、「明日、昼間、本でも買いに行く振りをして、お父さんの会社に来てくれ」とだけ言って風呂に入り、邦子達の部屋で眠った。

翌日、正午過ぎ、博幸が工場を訪ねると、父は門の側で待っていた。

二人で工場の喫茶店に行き、一緒に軽食を食べながら、「何があった」と聞いた。

「この前、お母さんが幸に、女の子は小学校に行かせて貰たらそれで十分や、それ以上学校に行く必要はない。行かせんからな、女の子は家のために働いたらええねん。家にいてお母さんの手伝いして、嫁に行くことだけ考えたらええ。女の子が勉強したら頭頂ばっかり高こなって、男の言うこと聞かんようになるからと言うたらしい、それで幸、余計に腹が立って、お父さんが許してくれたんや、絶対行ってやると思って、先に塚口のホームで待っていて、僕の後付いて来よった」

「なるほど、男の言うこと聞かんようになるて」親子でクックッ笑い合った。

「それで、幸、学校はどうじゃ」

「すごく成績ええで、叔父さんも叔母さんも喜んでくれた。幸、叔母さんの手伝いも一生懸命しとるから、叔母さんが可愛がってくれてる」

「そうか」父は頷いた。

「お父さん、幸がな、お父さんに聞いて欲しい言うとった」

「何を」

「私の学費、お父さん送ってくれているのかと、お母さんのいない所で聞いて欲しい言うてたで」

父はハッとした。（もしかして）と内心ギクッとした。

「博幸」

「はい」

「今夜夕飯済んだら、加寿子と順子連れて、映画館に行ってくれ」と言って財布を取り出し、

「三人で幾ら要る」

「お父さん、そんなことも知らないの」

「お父さんは映画館に入ったことない、年に一回か二回、工場で映画祭やるけど」

「ふーん、お母さんは演目が変わる度に行っとるよ。僕らの小さい時から、昼間、幸と二人で留守番しとったよ」

「そうか、知らんかった。まー、ええがな、あの人のことは言うだけ無駄なことやで」

五円受け取り、ポケットに仕舞いながら博幸は、その夜何が起きるか見当が付いた。

父は工場の門まで息子を送り、現場事務所に戻った。

それから家政婦会に電話して、「村田さんに今夜邦子を預かって欲しい。明日の朝は、いつもの時間に連れてきて欲しい。邦子に会ってから出勤したいから」と伝言を頼んでおいた。

この日、いつもより一時間早く退社して、夕飯を帰り道の食堂で済ませ、七時半、家に帰った。

茶の間に行くと、一人で冬越しの大きな樽柿を剥(む)いて食べていたタミは吃驚(びっくり)したが、いつものふて腐れで居直り、わざと素知らぬ顔で食べ続けた。暫くして、ジッと自分を見ている耕吉に、

「今日はえらい早かったな」

「なるほどお一人で結構なことじゃ」

「これ残ってる、食べるか」

「自分の残り物を、儂(わし)に食えてか」

「残ってないで、ワテの食べる分、やろか言うてんねん」

「大したご身分じゃのお前は、それだけの贅沢一人でやってきて、ご満足か」

「こんなことぐらい何が贅沢や、当たり前のことや、ワテ、誰やと思てんねん」

「上司様の娘や言いたいんか、ご立派なことじゃ、儂に恩を着せる気か、アホめが。それで、東京へは毎月、幾ら送っていた」

太々しいタミの表情が変わった。耕吉は、それを見過ごさなかった。しかしタミは、

「言われた通り送ってるがな」

「幾ら、幾らずつ、送ってる」

「あんたが渡した分やろ」

「そうや、それで幾ら送った」

「渡された分、全部送ったがな」

「銀行の振り込み用紙の控え、全部儂に見せてみろ」

「何でや、そんなもん捨てたわ、すぐに」

「銀行の控え捨てた？」

「あー、いらん思て、じき捨てたわ、何か、ワテ疑うてんのか、振り込んでない思て、あんた、ワテ疑うてんのか」

「振り込みの控えは全部、大事に手元に取っておくのが常識やないか。ない、捨てたとは、どういうことじゃ」

「捨てたもんは、捨てたんや、ワテが送ってないとでも言いたいんか、あんた。ワテ、そ

んなに信用ならんのか、あんたの子、五人も産んだって、育てたって、そのワテを信用出来んのか」

かなりドスの効いた怒鳴り声が、家中に響き渡っている感じで、今更ながら耕吉は、(此奴(こいつ)、何者か)と凝視した。

「銀行で調べて貰えばすぐ解ることや、もう良い」

耕吉は立ち上がり、奥座敷に入って、子ども達の布団を敷きながら、タミを娶(めと)る時、親戚中が強く反対したことを思い出していた。

「若い時は見た目で惹かれてしまうが〝華麗に身を飾る女を妻にするな〟の格言がある。妻は遊び相手ではない。もう少し地味で、落ち着きのある人にしなさい」と言われた。

耕吉自身もあまり乗り気でなかったが、会社の上司の娘で、断ることが出来なかった。師範卒業の肩書きが上司に狙われ、末娘の、遊び癖が付いた女を押し付けられた。(やはり小学校の教師にでもなっておくべきだった。弟にまで反対されたのに、会社を辞めてでも断るべきだった)と思ったが、二十年も前のことを今更悔いても始まらない。今更、誰に責任を問うことも出来ない。ハッキリとした態度を取ることが出来なかった自分に、すべての責任がある。

そうだ、あの時、あまり強い考えではなかったが心の中で(自分なら、この人を正しく導ける）と自負したことを今頃になって、ふと思い出してしまった。そうだった。魔が差したとしか言いようがない。なるほど、忘れていたが、あの、ちょっとした思いが、僅かな気負いが、一生の失敗になった。誰のせいでもない。自分自身で、とんでもない失敗をしてしまっていたのだ。あの時に。既にあの時に。

ゆっくりとした時間もなく、夢中で働き続けてきた耕吉は、タミとの争いの後、落ち着かない思いから、知らず知らずのうちに、自分の心の深層に分け入っていた。

子ども達が帰ってくるまでにと思い、便箋の入った箱を持ち出し、加寿子の机で東京の弟夫婦に手紙を書いた。

タミは未だ茶の間にいて、耕吉が食べなかった夕飯を何か言い散らしながら食べ、風呂に入り、夫婦用の部屋で眠ってしまった。

十時過ぎ、博幸に連れられて加寿子と順子が帰ってきた。妹達は外で兄に何か言い聞かされたのか、家に静かに入り、風呂に入ると、父が風呂場に用意してくれていた寝間着を着て布団に潜り込んだ。

博幸は、父が加寿子達の勉強部屋にいるのに気付き、

「お父さん、どうなった」と小声で聞いた。隣の部屋で、加寿子と順子が眠っている。

「博幸、東京に帰ったら幸に、心配しないように、お父さんが幸の学費のこと、これから

はよく気をつける。必ず、きちんと送るからと言ってやりなさい。良いな。明日、叔父さんと叔母さんに手紙送っておくから」

翌日の昼、会社発行の身分証明書を持って、自転車で、本町通りにある住友銀行伊丹支店に行き、これまでの振り込み記録を調べて貰った。

やはり思った通りだった。

(迂闊なことをしてた)弟夫婦に申し訳なくて強く後悔した。

その詫びを書き、退社途中で投函した。

呆れ果てながらもまだ、タミを信じていたい思いがどこかにあったのだと後悔し、翌月からは、昼間、自分で住友銀行に行き、送金した。

タミはこれまで、東京に振り込む金のうち、半分を自分のためにくすねていた。

(何で幸子の学費送らないかんねん。女の子学校に行かす必要ないわ、金が勿体ない、ワテのために使う方が金が生きるわ、それに彼奴ら虫が好かん)

耕吉の弟に気圧されていたので、それがいつも癇に障っていた。その仕返しをしてやる積もりでくすねた分を自分の小遣いにし、それだけの金を使うのが当然として身に付き、慣れてしまっていた。しかし、もうその金は入ってこない。

何とかしてなくした分を取り戻したいという焦りが、今までの耕吉に対する、腹の底で笑っていた侮り（あなど）を、次第に強い怒りと恨みに変えていった。

働いたことのないタミは、相当額をどうして手に入れたら良いのか見当も付かない。知恵を絞った挙句、毎日の買い物を出来る限りけちった。子ども達の学用品を買う金をくすねた。出来る限り、何もかも安物で済ませ、顔見知りから、肌着までお古を貰ってきて子ども達に着せた。ここまでしてやっと十円近くを捻り出した。

家の用事や、食事の支度が出来ないタミに代わって、博幸が生まれた時から来て貰っている、もう何代目かになったが、朝の支度と洗濯のために来てくれている若い小母さんと、夕飯の支度に来てくれている年配の小母さんには、ちょっとしたお礼の品と賃金を、耕吉が直接渡していたので、タミが賃金を減らしてくすねることが出来ない。それがいかにも腹立たしく、タミは家政婦さん達に当たり散らすか、口をきかなくなった。

家政婦さん達は、自分の仕事が終わるとサッサと帰ったので、一家の生活に支障は起きなかったため、耕吉は、タミの行いに気付かなかった。しかし早朝に来てくれている若い家政婦さんは、かなりタミに対する不信感を持っていた。この吉見さんが数年後、邦子と再会することになる。

二月のある朝、加寿子が学校に行ったのに、まだ順子が起きてこないので、ご飯を食べさせて後片付けをして、早く自分の家に帰りたい吉見さんは、順子の寝床に行き起こそうとして、順子が高熱に魘(うな)されているのに気が付き、近所の医院に走った。タミは昨夜も芝居見物で、芝居小屋がはねてもその後、役者を誘ってどこかでドンチャン騒ぎをしてきた。いつも、真夜中を過ぎなければ帰ってこない。近頃はいつも、子ども達が学校に行ってしまってからでないと起きない。そのことをよく知っている吉見さんは、自分の判断で行動した。

佐藤医師が来て、順子を看て慌て、

「ジフテリアです。隔離が必要だ、このまま動かさないように」

佐藤医師は医院に急ぎ引き返した。

二十分ほどして救急車が止まり、マスクをした人達が順子をタンカで運び、

「市民病院です。後から来て下さい」

病院の人達は吉見さんを子どもの母親だと思って告げると走り去った。

吉見さんは自分の家に用事があるので、タミを起こそうとして、寝床に行って声を掛けたが、夜中の夢の中で、揺すっても起きない。表に出ると近所の人達が数人近づいてきて、

「どうしたん」「順子ちゃん運ばれたけど、何があったん」と聞いてきた。

料亭の裏口に若い板前さんが立っていたので、

「兄ちゃん、頼まれてくれない」と叫んだ。

「どうしたん」

「ここのお父さんの会社知ってはる？」

「知ってるで」

「早よ行って、順ちゃんが高い熱出して運ばれた。市民病院や言うて」

「解った」若者は店の自転車を引っ張り出して走った。

「あんた、ここの奥さんどうしてんの」隣の奥さんが聞いた。吉見さんは、右手を耳に当ててみせた。

真っ白な服装の男性が二人来て、家の中に入ったので、吉見さんも慌てて付いて入った。

「強い感染症なので、家の中全部消毒します」と言ってから保健所の職員は、順子が寝ていた部屋を尋ねた。それに答えてから吉見さんは、

「ちょっと、家に帰ってきてもいいですか」と聞いた。

「えー、ここの奥さんと違うのですか」

「いいえ、お手伝いの者です。奥さんは未だお休みです」

「具合が悪いのですか」

「いいえ、夜遊びで、寝てはります」少し憎しみを込めて言った。

「起こして下さい」保健所の職員が怒りを含んだ声で言った。他の職員が、「家中消毒しますから、急いで」と言ったので吉見さんがタミの部屋へ走った。

しばらくして、

「ワテの部屋は関係ないやろ」タミの怒鳴り声がした。

吉見さんは呆れて、廊下に出た。保健所の職員が側に来て、吉見さんに退くようにと合図し、タミの側に行き、

「起きなければ警察呼びますよ」と怒鳴った。

男の声にタミは吃驚して起き上がり、自分の着物を引っ掴んで隣の部屋に駆け込んだ。そこは既に消毒済みで息苦しかったが慌てて着替え、風呂場続きの洗面室に入ったが、そこもすごい消毒の臭いで激しくむせていた。タミの部屋では職員が、タミの寝ていた布団に消毒液をたっぷりと散布して引き上げた。

吉見さんは急ぎ我が家に帰った。

若い板前さんの知らせで、耕吉は市民病院に駆け付け、順子の病室を聞くと、特別隔離室は、別棟になっていて、行くことが出来なかった。医師に聞くと、危篤状態とのこと、ワァーと泣きたい気持ちを必死に堪え、現場事務所と家政婦会に電話した。邦子は村田さん宅に一晩泊めて貰うことにした。

翌朝、いつもの通り五時に、吉見さんが来てくれた。

吉見さんは、昨日のタミの不埒（ふらち）な行いは何も話さなくて、いつもの通り出かけようとする耕吉に、

「仕事終わりましたら、順ちゃんの様子、見に行ってきます」

「済みません。お願い致します」

「旦那さんは夜通し、病院においででしたか、昨日、夕方に、様子見に行きました。先生が大丈夫と仰ったので安心しました」

「ありがとうございました。私は抜けられる時に行きます。今日は早く帰して貰って病院に行きます」

「お願い致します」と吉見さんは、耕吉の心痛を察して言った。

耕吉は、出勤する前に茶の間を出て、次の部屋を開けると、布団を被ったタミの鼾（いびき）が聞こえた。昨夜も芝居見物で、夜中に帰ってきたらしい。

順子は大事を取って一ヶ月間入院し、元気になって、父と一緒に戻ってきた。

その間、タミは一度も病院に行かなかった。耕吉が詰（なじ）ると、

「ワテまで死病になってほしかったんか、死んで欲しかったんか」凄みのある声で怒鳴り

返した。

翌月吉見さんが、「家、引っ越しますので」と言って家政婦協会を退職することを告げ、その翌日、代わりに来る人と一緒に来て、二人で、朝の支度をしていた。

耕吉はこの朝、出掛ける前に用意しておいた割烹着（かっぽうぎ）二枚と、のし袋に入れたお金を吉見さんに贈り、五年間お世話になったことを感謝した。

「お世話になったのは私の方で、こんなにして頂いては」と、吉見さんは涙ぐんだ。

六歳になった邦子は、村田さんのお陰で、村田さんの家族と父にだけ、少しは話が出来るまでに神経は回復したが、村田さんも「田舎の実家に帰ります」と言って、引っ越された。

それで、邦子は再び、誰とも話が出来なくなった。

この頃、村田さんだけでなく、戦争のため空港が近いから危険だと誰かが言い出したことが広まり、多くの家庭が田舎に引っ越していった。

タミは近頃、買い物などに出掛ける時、貰ってきた高級そうな服を邦子に着せて手を引き、優しそうな笑顔を作って、近所の人に会うと邦子のことをわざわざ、〃おとんぼ（末っ子）〃の女の子だから一番可愛いのだと言って歩くようになった。

そして、家に入った途端、邦子を思いきり張り飛ばして、

「お前のお陰でしょうもない芝居せんならんわ、このアホめが」

怒鳴り付けてから、邦子に着せている服を邪険にはぎ取り、

「明日も着んならんからな、汚したらあかんのや」と、邦子を突き飛ばした。

邦子は子ども部屋に入ると、いつもの服を着て、押し入れに入って眠った。

邦子を連れて出掛けるときのタミの様子に、料亭の板前さん達は、いきなり邦子の手を引いて歩いたりするのを見て、なんでや、と思い、聞こえよがしに「一番可愛い子や」などと言っているのも不審に思ったが、心を入れ替え可愛がって育てているなら良いか、と思ってしまった。


昭和十七年、邦子の小学校一年生入学の日が来た。

父は、この日のために買っておいた服を邦子に着せてから出勤した。

朝早くから髪結いに行き、着飾ったタミは、ここぞとばかりにこやかに、邦子の手を引いて学校に行った。母親達の中でも目に付く艶（あで）やかさで、邦子の側にいるときは、可愛くてたまらないと言わんばかりの仕草を見事に演じてみせた。邦子自身は、家に入った途端、何発殴られるかと怯え、入学式の嬉しさなどまるっきり感じることが出来なかった。

決められた教室に入ると、机の上に教科書が五冊纏(まと)めて配られていて、学校から入学祝いに、帳面二冊と鉛筆二本が配られ、その後に、のし紙の付いた箱で、紅白の饅頭が配られた。それは微かに良い香りがして、お祝いの気分一杯に教室に広がった。母親達の着飾った姿が後ろに、ズラリと並んでいた。先生の話が終わると母親達が一斉に、自分の子どもの側に行って風呂敷を広げた。受け持ちになった中山先生に邦子の母が駆け寄って、挨拶してから、邦子の側に駆け寄り、さも嬉しそうに未だ椅子に座っている邦子の肩を抱いた。それを中山先生が見ていた。

タミは子ども達が夏休みに入った頃から、邦子を連れ歩いて一人芝居をするのに飽きた。それよりも昼寝をしていた。邦子も殴られる回数が少なくなった。
二学期に入ってから、担任の中山先生が邦子を、目の敵(かたき)のようにして虐(いじ)めだした。
邦子は学校でも未だ声が出ない。先生に幾ら厳しく言われても、「はい」と声を出すことが出来ない。それに、何を言っても無表情なので憎しみを募らせ、「返事をしなさい」と言っては廊下に立たせたり、クラスの皆によく見えるよう、教壇の前に立たせた。

そんなことが続いていたが、或る日、邦子の手を掴んで教員室に引き摺(ず)って行き、

「先生に返事が出来るまでそこに立っていなさい」と、他の先生が数名いる中に邦子を立たせた。

休憩時間になり、教員室に入ってきた中山先生は、

「少しは懲りたか、先生に返事する気になったか」と厳しい口調で言った。

しかし邦子は、全くの無表情で中山先生の顔を見ていた。先生はその無表情が気味悪く、怒りが爆発し、思いっ切り邦子の頬を張り飛ばした。

見ていた先生の一人が、

「中山先生、やめとき」と叫んだ。他の先生が、

「何があったか知らんけど、まだ一年生やろ」

「教室に戻してあげたら」他の先生が言った。

中山先生は無言でスカートの裾を翻(ひるがえ)して教員室を出て行った。

先生の一人が邦子に、

「もう良いから、教室に戻りなさい」

「大丈夫、もう大丈夫だから」女の先生が優しく言った。

邦子は教員室を出てから、教室からは見えない、校庭の隅にある茂みに入った。そこに石の小さなベンチがあるのを見付けて座った。

給食も終わり、一年生が全て下校するまで座っていた。そして皆が帰った後、ソッと教室に戻った。誰もいなくなった教室の中で自分の席に座った。大粒の涙が机に落ちた。鞄を背負って帰りがけ、教室の後ろに行くと、ゴミ箱の中に、短くなった鉛筆が捨ててあるのを見付けて拾った。

邦子の鉛筆は入学の時、学校から貰った二本だけで、それもかなり短くなってしまっていた。

入学の用意で父が、帳面と鉛筆、消しゴム等を沢山買ってきて、三人に分けてくれた。帳面は五冊ずつ、鉛筆は五本ずつ、そして新しい大きな箱のクレヨンも一箱ずつ貰った。姉達は持っている。

しかし邦子の分は、入学の翌日、どのような知り合いか知る由もないが、着飾らせた邦子を連れてタミは、二軒の家を訪ね、父が用意した真新しい邦子の学用品を全部、「お祝いです」と言って渡し、にこやかに巧みな社交辞令で、タミの一番好きなひと時を過ごした。その帰り道、「お前はお古で十分や」キツい口調で邦子に言った。

こうして、邦子の新しい学用品は全て、なくなってしまったことを父は知らなかった。

短くなった鉛筆をゴミ箱から拾った日から、邦子はわざと誰も教室にいなくなるまで残って、ゴミ箱を探した。

教員室で、思いっ切り邦子を張り飛ばし、同僚から注意された中山先生は、それ以来、邦子を完全に無視した。クラス全員が邦子を無視していた。

これは、邦子にとって都合が良かった。気が楽になった。

邦子は帳面を半分ずつに分けて使っていた。表紙からと裏からと、二冊の帳面で四科目に使えた。早く終わらないように出来るだけ小さな字で書いた。そしてようやく、二学期の終わり頃まで使えた。

父は仕事に追われて帰宅が遅いために、子どもの勉強までみてやれる余裕がなかった。そして邦子の帳面や鉛筆がないことに、父も姉達も気が付かなかった。

三学期になった或る日、一人トボトボ下校していた時、崖下に沢山の未だ新しいクレヨンが、散乱して落ちているのを見付けた。誰かが落としたようだが、崖の下まではかなり深くて、拾うのを諦めて帰ってしまったのか。邦子はそのクレヨンがどうしても欲しいと思い、何とかして崖下に降りられないかと辺りを見た。それは家々の裏手になっていて、少し引き返すと、家と家の間が細く開いていて、向こうの路が見えている所があった。（この家の前の路に行くと、そこからここに来ることが出来る）と考え、急ぎ引き返し、並んでいる家の前に出て、先ほど見た細い隙間を探した。それはすぐに見付かり、その隙間に入った。心臓がドキドキして、誰かに見付かって怒られる前に、必死の思いで這うように歩き、クレヨンのあるところに辿り着いた。誰かに見られていないかと恐れ上を見上げた。崖はかなり高くて、ここからは上れない。

大急ぎでクレヨンを拾い集めランドセルに放り込んだ。新しい綺麗な箱も上下あった。残っていないか辺りを見たが何もなかった。それらを揃えている余裕はない。慌ててまた、細い隙間を通り抜け、明るい広い路に出た。崖の上の路に引き返さないで、あまり見覚えのない通りを歩きながら、誰かに出会うのを恐れた。

(誰かの物なのに勝手に持ってきてしまった)

そんな後悔と恥ずかしさで邦子は、行き交う人の顔を見ることが出来なくて怖くて、誰かに付けられているような気がして、大変な遠回りをしてやっと家に辿り着き、姉達と一緒に机を並べている部屋に駆け込んだ。姉達は未だ帰っていない。

拾ってきたクレヨンを畳に広げ、箱に一本ずつ並べた。全部揃っていた。殆ど新しかった。どうしようかと迷った。邦子はそれを机の引き出しに入れ、暫く見ていたが、一番下の引き出しの奥に入れ直し、その上に本を乗せて見えないようにした。そして、自分はすごく悪い子だと思った。

疲れていたので机の側に転がって寝そべり(悪い子やからお母さんに嫌われるんや、自分は悪い子やから、お母さんが悲しくて怒ってる、それであんなに酷く叩くんや、自分は悪い子やから）と思い続けながら、いつの間にか眠ってしまった。

深い眠りの中で、何かに追いかけられていた。必死で逃げながら、何度も地面を蹴って飛び上がって、空高く逃げたいのに、余り高く飛べなくて、少しだけ舞い上がったがすぐ地面に落ちて、また必死に走り続けて、飛び上がって。

「邦ちゃん、邦ちゃんどうしたん、目覚まし、早よ起き」

強く揺り動かされて目覚めた邦子は、そこにいる順子の顔をぼんやり見詰めていた。

「苦しいんか、どうしたん、すごくウンウン言うてたで」

邦子を見ながら、どうすれば良いのか解らなくて迷い、

（邦ちゃん、気い変になってしもたん違うかな）邦子の目を、見詰め続けた。

二年生になっても、受け持ちは中山先生で、クラス替えもなかった。

或る日、家の近くまで帰ってくると、同じクラスの佐藤医院の息子が、数名を従えて待っていた。邦子が前を通り過ぎようとした時、ぐるりと前後を取り囲み、佐藤医院の息子が、「殴れ」と命じた。

男子五、六人が一斉に邦子に飛び掛かり、殴って蹴倒した。誰かが、

「先生がな、殴ってもええ言うたんや、僕ら、悪ないで」と言って、路に転がって仰向けになっている邦子を踏み付けてから一斉に走り去った。

　翌日、一時間目の初め、中山先生が邦子に、

「佐藤君らに殴られたん、あなたが悪いから殴られるんやろ、廊下に立ってなさい」怒鳴るように言った。邦子は久しぶりに廊下に立たされた。別のクラスの先生が通りがかり、「朝っぱなから、何悪いことして立たされた」と言って通り過ぎた。邦子は恥ずかしくて、悔しくて、下を向いたまま（悪いのは私ではない）と思った。次の日の帰りも、佐藤君と他に、男子二人が待っていて、邦子を見ると、

「乞食、汚い、学校に来るな」と言いながら突き飛ばし、倒れた邦子を三人で、顔や頭まで踏んづけて、蹴飛ばし、走り去った。

　そこは左側に文具店があり、右手には荒物屋があり、どちらの店の中にも大人の足が見えたが、駆け寄ってくれる人はいなかった。

　邦子はゆっくり起きて、その向こうに見えている自分の家を見ながら、路上に転がっているカバンを拾って背負った。大人は何人も路上にいたが、誰も邦子に近付いて来なかった。

博幸が東京から帰ってきた。角帽と制服を着ている。

角帽を初めて見る加寿子と順子が、代わるがわる取り合って被り、はしゃいだ。

今回も幸子は帰って来なかった。

「人の娘を、女中代わりにこき使っことる」とタミ。

「そやのうて、幸が叔母さんと一緒にいたい。帰りとうない言うから」と言いながら母親の反応を見た。

タミは博幸に言われてぷいっと横を向き口を尖らせた。

（自分のしたこと、少しは悪いと気付いているのかな）博幸は、期待混じりにタミの顔を見ていた。

その翌日のこと、学校から帰ってきた邦子の服装を見た兄は吃驚して、

「こんな汚い物着せて学校に行かせたら虐められること、解ってるやないか」と母親に向かって声を荒げた。

「邦子の着る物どこにある」と言ったが母親は返事をしなかった。

博幸は妹たちの部屋に行き、邦子の服を探した。

加寿子と順子の服はそれぞれ畳まれて、整理箪笥に入っていたが、タミは耕吉に対する恨みも含め、強い憎しみで執拗に邦子の分だけを竈に入れていた。それを、声を出すこと

の出来ない邦子が指さして教えた。

「お前のはこれか」と兄、邦子が頷いた。

博幸は、自分の部屋から巻き尺を持ってきて邦子の背丈を測り、足の大きさも測った。

それからどこかに出掛けていった。

戦局が慌ただしくなっている最中、耕吉の勤めている紡績会社もすっかり、軍需工場に入れ替わっていた。そんなことが日本中で起きていて、衣料品はどこも品切れ状態で買い難くなっていた。

博幸は邦子の服を探し歩き、商店や人々に聞いて回っているうちに鶴橋まで来ていた。表向きは閉まっているが、未だ商品はあると聞いたので、教えて貰った店の戸口を密かに、根気よく叩いて開けて貰い、

「妹の服が欲しいのですが」と頼んだ。

妹の服を懸命に探して買いに来た青年に、店の小母さんは好感を持った。そして、自分の店の品物だけでなく、知り合いの店まで一緒に廻ってくれたので、博幸は、可愛い服を数着と、ズック靴はなくて、お古だが未だ綺麗な革靴を買うことが出来た。付き合ってくれた小母さんに礼を言うと、

「良かったな、妹さん喜ぶで」小母さんの方が嬉しそうに言った。

夢中で店を探し廻っていたので、駅に向かう方向が解らない。

小母さんは、解りよい所まで付いて来てくれて、そこから先の近路を丁寧に教えてくれた。別れて、教えられた通りに進んで行くと、それと解る鳥居を見付けた。

闇の中に浮かぶ御幸神社の社殿に、誰が燈したのか小さな灯りが見える。

博幸は（小さなローソクらしい、そんなにもたないのでは）と思いながら通り過ぎ、足を速めた。

家に帰ったのは九時を過ぎていたが、父は未だ帰っていない。

その夜、十時をかなり過ぎてから帰ってきた父に博幸は、邦子のことを聞いた。


翌朝、いつものように小母さんが来て、食事の支度をし、裏庭で洗濯していた。いつもはその間に、父と三人の娘が食事をして学校に行くのだが、今朝は父が早くに出勤したので、博幸が妹達と一緒に食事を済ませ、邦子に昨日買ってきた服を着せた。

六年生の加寿子は、誘いに来た近所の子らと先に登校し、順子は邦子の支度が出来るのを待っていた。

兄が邦子に服を着せると、

「邦ちゃん可愛い、綺麗や」順子は音がしないように手を叩いた。

玄関で順子はいつもの運動靴を履いた。

「邦子の運動靴は」と兄が聞くと、順子が兄の耳元で、

「お母さんがな、邦ちゃんにはわら草履の方がええねん、言うとった。運動靴買うたげへんねん」

「それで邦子はいつも、わら草履履いて学校に行ってたのか」

「そうやし、雨の日でも、お母さんな、邦子は可愛い子やから。わら草履の方がええねんやて、なんか、へんやろ」

「解った、お母さんに何も言うなよ、お前も虐められるから」と兄も小声で言ってから、邦子に革靴を履かせた。丁度足に合っていた。

順子は、邦子と手を繋いで外に出てから、

「兄ちゃん帰ってきて良かったな」

邦子のために嬉しくて言ってくれた姉に、邦子は強く頷いた。


その日、学校で、邦子にとって、大変に思いがけないことが起きた。

佐藤医院の息子に先導され仲間になっていて、いつも邦子に、

「汚いから側に来るな、乞食、乞食」と言っていた女の子達が側に来て、

「お姫さんみたいや」羨むような口調で言った。

一時間目が終わった休み時間に、邦子は大急ぎで学校の向かいにある文具店に行こうとした時、「付いて行ったげる」と言って、先ほどのうち、二人が付いてきた。

今朝兄が、紙幣一枚を入れてから、小さい綺麗な財布を邦子のポケットに入れてくれた。そのお金で、帳面二冊と鉛筆一本を選び、幾ら払って良いのか解らないので、財布ごと店の人に渡すと、店の小父さんは一円紙幣を取り出し、十銭玉八個と、一銭玉を幾つか財布に戻し、

「お勘定は済みました」と、笑顔で財布を返してくれた。

邦子は頷き、重たくなった財布を受け取ってポケットに仕舞いながら、お金がすごく沢山になった気がした。自分の財布を持っていることがすごく嬉しくて、帳面と鉛筆が買えたことがすごく嬉しくて、ポケットの上から財布が入っていることを確認し店の外に出ると、校庭が静かになっている。

三人は一目散に走って教室に着き、後ろのドアからそっと入って席に着いた。

中山先生がずかずか邦子の側に来て、思いっ切り邦子を張り飛ばしてから、

「廊下に立ってなさい」と怒鳴ったので、買ってきた帳面二冊と鉛筆を机の上に置いたまま外に出て廊下に立った。立たされたのは邦子一人だけだった。

手洗いに行きたくなったのでソッと歩き、済ませてから、元のところに戻って立ち続けた。休み時間になり、教室に入ると、

「入って良いと言っていない」と言われ、また廊下に出た。

佐藤君とその取り巻き数名が出てきて、

「お前はアホやからいつも立たされとるんじゃ、アホめが、アホめが」と囃し立てた。

三時間目が始まったので、皆教室に入って静かになった。邦子は疲れて足が痛くなったので座りたかったが、懸命に頑張って、三時間目も四時間目も立ち通しに立っていた。

四時間目が終わり、どのクラスも給食を配り始めた。邦子が入って座ろうとした時、中山先生が、二冊の帳面を持って教壇から降りてきた。

「返してきなさい、泥棒までするのか」と大声で怒鳴った。クラスの皆が一斉に邦子を見た。一緒に行った二人の子を邦子は代わるがわる見た。しかしその人達は邦子を見ていたが、何も言ってくれない。

邦子は先生から帳面を受け取った。

「本当に返してくるかどうかここから見えるから、先生ちゃんと見てるから、返してきなさい」と言われ邦子は、先生が教壇の方に戻る後ろ姿を見ながら、鞄に本を詰めて提げ、急ぎ教室から出た。そして校庭の隅を歩きながら、中山先生の恐ろしい目を背中に感じて

歩き、校門を出ると、学校が見えなくなる所まで懸命に駆けた。後ろから中山先生に追いかけられているような気がして恐ろしく、出来る限り学校から早く離れようと懸命に歩いていたが、家に向かう方向でないことに気が付いた。学校からかなり北に来ていた。

邦子はそこから、昆陽池（こやいけ）の方に向かった。出会った大人達が邦子をジロジロ見ていたが誰も声を掛ける人はいなかった。暫く歩いて行くと一面に菜の花畑が続き、沢山の白と黄色の蝶々が舞っていた。菜の花は邦子より背が高くて、邦子は誰からも見られていないと思い、安心して花の中を歩いた。畑が終わっていつの間にか、昆陽池の土手近くまで来ていた。

道を探しながら池の側に着き、釣り人がいるかと思ったが誰もいなくて、水面のあちこちに小さな泡が時々起こり、魚が跳ねた。鳶（とんび）が沢山、空に輪を描いていたが、それが皆楽しく語り合って遊んでいるように見えた。池の岸近くは一面の葦で、その根方に僅かに水が見えた。

葦は枯れているのと、緑の葉が入り交じっている。暫く見ていたが、次第にその中に吸い込まれそうな感じになった。このまま、その水の中に入っていったら、先生から泥棒と言われなくなると思い、ランドセルを地面に置くために下を向いた。その時、自分が革靴を履いているのに気が付いた。

今朝、兄ちゃんが履かせてくれた靴だと思った。順子姉が可愛いと言ってくれた。父を思い出し（帰らないといけない）と思った途端、

「ワーッ」と大声を上げて泣いた。

青い空を見ながら泣き続けた。空には鳶が先ほどと変わりなく、悠々と舞っている。

二年生になってから未だ、一ヶ月も経っていなかった。


その翌朝、順子姉と一緒に学校に来て、玄関を入ってすぐある階段の下で別れ、順子が階段を駆け上がるのを見届けてから、今入ってきた玄関を出て急ぎ裏門に向かったが、用務員の小父さんが裏門近くを掃除していたのでためらった。暫く物陰から小父さんの立ち去るのを待っていたが、小父さんの竹箒は、門に向かっていることに気付き、駆けだして門を出た。小父さんが後ろで何か叫んでいた。怖かった。それで一生懸命駆けた。カバンの中で、本や帳面が踊ってガタガタ喧しい音を発している。

暫くして走るのを止め、ゆっくり歩きながら小父さんが叫んでいたことを思い出した。

「忘れ物か」と言ったように思えた。怒られたのではなかったと思った。

無意識に、昨日の菜の花畑の中を歩いているのに気付き、池の中に引きずり込まれそうになったことを思い出した。それで、池に行ってはいけないと思い、もう一度校庭の前を

通っている大きな路に引き返した。

その路は、アスファルトで舗装されていて、時々、大きなトラックと小さいトラックが、西から来たり後ろから走り過ぎたりして少し怖かったが、人間は殆ど歩いていなかった。西に遠く六甲山が聳えている。この路はどこまで行くのかなと思いながら歩いた。遠く遠く続いている道に、朝日が反射し眩しくなってきた。

どこに行こうかなと思いながら、学校から少しでも遠く離れるために、路の右側を急ぎ足で歩き続けた。かなり歩いてきて、向こうに古いお寺が見えたので、あそこまで歩こうと思い付いた。

大人に出会って、その小母さんは邦子をジッと見ているので怖かった。それで、俯きながら急いで通り過ぎた。

古いお寺は、塀のあちこちが崩れていた。先ほどの小母さんが見ていないか振り返ったが消えていた。どこにもいないので安心して山門に入って行った。

仁王門が見えたので、金網で囲った仁王さんの側まで行くと、すごく大きい仁王さんは誰からも忘れ去られ、全身埃を被ったまま、空間を睨んで立っておられる。

仁王門の奥に、何かの建物があって木が生い茂っていて、薄暗く感じたのと、誰かがいたら怒られると思い、急ぎ山門を出た。

門の右側に崩れた石垣があり、その側に、細い道が奥に続いている。

邦子は、その細い道を少し奥に入って行ってから、崩れ落ちている石垣の隙間に日だまりを見付け、そこに立って辺りを見回して、ここからだと大きな路からは見えないと気付き、背中からカバンを降ろし（しんどかった、遠いところまで来た、帰れるかな）と思ったが、不安ではなかった。

カバンの中から本と帳面を取り出し、昨日買った鉛筆がないことに気付き、（先生鉛筆返してくれなかった）と思った。仕方なくチビくれた鉛筆で一人、漢字の書き取りをし、飽きたら、算数の本を取り出して、足し算と引き算を別の帳面に書いた。やっと、国語と算数の帳面が、別々になったと嬉しかった。

かなり時間が過ぎたような気がしたので、本や帳面をカバンに入れ、背負ってから、（お腹空いた）と思った。昨日も今日も、昼ご飯を食べることが出来なかった。それでも、あの恐ろしい中山先生に会うことがなかったので良かったと思いながら、トボトボ家の方に向かって歩きながら、何か解らないけど今日は、仁王さんに守って貰ったような気がしていた。

町近くになって、下校する人達に沢山出会ったが、皆、大きい組の人達だった。

それからも暖かい日が続き、邦子は今日も、仁王さんに会いに行った。そして、自分の居場所になった崩れた石垣の側に行き、一人で勉強して、夕方近く帰った。

東京に帰ったはずの兄の靴が玄関にあったので、邦子は自分の部屋に鞄を置いてから、二階に駆け上がった。部屋の中は衣類が散乱していた。

「邦子か。ちょっと、遠くに行くので、元気でおれよ」

言った後は荷造りに気をとられて必死の様子に、邦子は大きな不安を感じて兄を見ていた。そんな時、ガラッと玄関を開ける音がして、

「郵便です」と聞こえた。母が出た。

「園部さん、おめでとうございます。召集令状です」と聞こえた。

兄は荷造りの手を止めて聞き、「あー」と声を張り上げた。何か解らないが、兄の身に大変なことが起きたらしいと思い、兄の側に座り、後ろから兄の服を捕まえて震えた。兄は頭を抱え何度も声を張り上げた。下にいた加寿子が、隣の机で宿題をしている順子の腕を引っ張って、

「早よ、お父さんに知らせなあかんのと違う」と言った。

「うん、行こ」二人は家を出て駆けだした。

夕方、まだ明るいうちに父が帰って来てすぐ、二階の博幸の部屋に入った。

階段の下に集まって上を見ている姉妹に、絞るような兄の泣き声が聞こえた。

「学生でも軍隊に行くことになった。満州に逃げるから早く支度をして欲しい」

母親を急がせ、荷造りをしている最中に召集令状が来た。ひらひらと、血の色をした紙が兄に来た。

夜八時近くになって、父が電報依頼に出掛けた。翌朝、東京の叔父さんが来た。父がいつもより早く会社に行ってすぐ戻って来た。

眠れないで朝になった兄が茶の間で、叔父さんも交じえ、父と三人で何か話していた。

加寿子と順子は学校に行ったが邦子は、ご飯の後奥座敷で、自分の机にしがみついて懸命に絵を描いていた。

(兄ちゃんがいなくなる、兄ちゃんがいなくなる)心の中で繰り返し、その不安に耐えるために、懸命に絵を描き続けた。その絵の中に、綺麗な革靴を履いた自分を描いた。

夕方、向かいの料亭から、お酒を添えたご馳走の膳が一客分届いた。父が慌てて料亭に向かったので邦子も付いていくと、八木と表札が掛かっている自宅の方の玄関を訪れ、高い位置に取り付けられた呼び鈴を父が押した。

女将さんと亭主が玄関に出てきて、

「息子さんの召集おめでとうございます」と挨拶された。そして、

「差し出がましいことをしましたが、私共の、せめてもの思いを汲み取って下さい」亭主の言葉に、父は気丈に礼を述べていたが、涙声にかわった。

戻ってきた父は二階の兄の部屋に上がって行くので、邦子も後からソッと付いて上がった。襖が閉まって、中から兄の泣き声が聞こえた。

「こんな戦争に行ったら死にに行くのと同じことや。生きて帰って来られん、死にたくない、何でこんな年で死なないかんねん」と叫びながら泣き続けていた。

父の声は聞こえない。

邦子は階段を上がりきって、兄の部屋に続いた二部屋の前を通り越し、突き当たりの廊下の隅にうずくまった。東京の叔父さんが、空いた部屋の、どちらかに泊まったはずだが、どこかに行っているらしい。

翌朝六時、学生服の上から晒（さらし）で作った襷（たすき）を掛けた兄が、叔父さんと一緒に表に出た。既に近所の人達が小旗を持って大勢集まっていて、兄が外に出ると一斉に、「万歳」を叫んだ。町内会の会長が用意された台に上がって、何か、すごく張り切って長々と喋っているが、誰も本気で聞いていない様子で、後ろの方にいる何人かが、早く起きたせいか欠伸（あくび）をしている。やっと会長が台から降りて叔父さんが上がった。

「町内会の皆様、博幸の父に代わって」と言ってから、簡単に見送りのお礼の挨拶をした。

最後に兄が台に上がり、同じようなことを言った。

そしてまた、万歳がさざめき、兄が国鉄伊丹駅に向かって歩き出すと、兄の周りと後ろから全員が、声を張り上げて軍歌を歌い、日の丸の小旗を振りながら付いていく中で、真っ白な割烹着の一団が目立っている。

その先頭でタミが、一段と得意気に声を張り上げ、

〝わが大君に召されたる、生命栄えある朝ぼらけ〟

と、歌っているのを背中で聞きながら博幸は、自分の息子が死地に向かっているというのに、何がそんなに嬉しいのかと絶望した。

邦子は、二階の一番奥まった廊下の窓からこの様子を見ていた。父は兄の部屋に入ったまま出てこなかった。


そして、その日から一週間後の朝、順子と一緒に登校しようとした邦子に、

「お前は行かんでええ、行くとこあるから」とタミが言った。

順子は心配で玄関を出て行くのを躊躇(ちゅうちょ)していると、

「お前は早よ行け」とキツく言われて、（邦ちゃん大丈夫かな）と思いながら仕方なく、一人で家を出た。

タミは邦子を連れて滋賀県にある、自分の兄の家に行き、

「ウチは空港の近くやから、危ないから、この子だけでも助かるように思て、ワテの一番大事な子やから、一番可愛い子やから」一人で勝手に喋り、邦子を残して帰ってしまった。

邦子の様子を見ていた伯父さんは、家の中にいた伯母さんを呼んで、

「タミがこの子を置いていきよった。いつも勝手な奴や、ボタンの取れた服着せて、道楽な奴や」と言った。

「お母さんのこと悪く言わないで、私が悪いから」と邦子は咄嗟に言ってしまった。

「お前は自分が何をされているのか解らないのか。こんな酷いことされとって」と伯父さんは、涙を含んだ声で言った。

それを聞いて邦子は、私はお母さんから、酷いことされているのかと思い、伯父さんに悪いことを言ってしまったと気が咎め俯いた。

伯母さんが駒櫛で、日差しの中に立っている邦子の頭を、丁寧に何度も梳いてから、

「月絵のお古、とっといて良かった、丁度間に合った」と言って、邦子を着替えさせた。

これでやっと、伯母さんは家に入れてくれてから伯父さんに、

「何でこの子、こんなに痩せてるんや、ガリガリや」

「ウチにいる間に沢山食べて元気になるんやで」伯父さんが言ってくれた。

「顔色悪すぎるな、明日伯母さんとお医者さんに行こな」

伯父も伯母も、突然に来た邦子を、親身に気遣った。

四時過ぎ、小学校五年生の月絵が学校から帰ってきた。邦子を見て、

「私の妹出来たん」と嬉しそうに言った。

「月絵、邦ちゃんはな、お前の従妹（いとこ）やで、伊丹の子や」

「そう、ウチに、ずーっとおるの？」

「戦争が終わるまでな、街は危なくなってきたから」と伯父さんは言ってから、

「まー、彼奴（あいつ）はそれを口実にして、この子を置いていきよった」

「でもあんた、耕吉さん知ってるのかな」

「子ども一人おらんことに気付いたら、尋ねてくるやろ」

「月絵、明るいうちにこの子連れてお風呂に行っておいで、頭もよう洗ろて上げな」

「解った。邦ちゃん、姉ちゃんとお風呂に行こ、大きなお風呂やで」

邦子はこんな大きな家なのに、お風呂ないのかなと思った。伯母さんが、

「大きなお風呂の方がよう温（ぬく）もるからな。最近出来た綺麗なお風呂やで」邦子を見ながら優しい笑顔で言ってくれた。

二人分の着替えの包みは月絵姉さんが持ち、洗面具の包みは邦子が提げて二人は手を繋

ぎ、ツクシが沢山、背いっぱい伸びている畦道を通って、街の大きな風呂屋に向かった。

邦子はこの家の人達に大事にされ、生まれて初めてと思える、安らかな眠りに就いた。

夜遅くになって、耕吉から電報がきた。それを受け取った伯父さんが配達員に、返信の電報を頼んで「邦子は大切に預かる」とだけ書いたメモを渡した。

前庭の広い百姓家で、今日も、伯父さんと伯母さんは野良仕事に出る。月絵姉さんは、「邦ちゃん、一人で大丈夫か」と母親に言いながら、

「姉ちゃん、学校終わったら走って帰ってくるからな、どこにも行ったらあかんで、お絵描きしときや」と言い、心配そうにしながら、誘いに来た子らと登校した。伯母さんは邦子のために、大きなおむすびを二個お皿に盛って、丸い卓袱台の真ん中に置き、

「お腹空いたらこれ食べとくんやで」と言って、伯父さんと出かけた。

邦子は大きなガラーンとした家の中で、一人でいるのが怖かったので庭に出た。垣根の向こうに登校していく子ども達数人の姿があった。でも、邦子は学校に行かなくて良いのだと思った。

あのすごく怖い中山先生には、「泥棒までするのか」と言われた日から会っていない。

毎日、毎日、遠い遠い行基さん（行基大僧正を祀った廟）まで行って、石垣の陰にコッソ

り潜んで、時間が経つのを堪えている必要もなくなった。

明るい庭の隅に鶏小屋があった。沢山の名古屋コーチンがいた。十羽ぐらいかな、と思って勘定したが、数える度に数が違った。

鶏の首だけ出せるように作られている餌箱に、少し青菜が残っている。広い静かな庭で、ココココッと鳴いては目を閉じて、ジッとしているニワトリを暫く見ていたが飽きて、家の裏にもう一つの建物があるのに気付いて近付くと、竹箒が沢山、軒（のき）に立ててあった。邦子はその一本を持って、門の近くから掃き始めた。

よその家に来て、ただでご飯を食べさせて貰うのに気が引けていたので、何か仕事をして、自分もこの家の役に立ちたいという思いが自然に起きていた。それで広い庭を一心に掃いた。掃く場所がなくなったので家の裏口から入って、おくどさん（かまど）の周りと土間を丁寧に掃いた。

疲れたので、裏庭の縁先近くにある手水（ちょうず）で、手と顔を洗った。その水はお手洗い用とは知らなかった。街の家は水道の蛇口をひねると水が出るので、井戸水を汲んで使うことを知らなかった。

土間から上がって茶の間に入ると卓袱台に、伯母さんが作っておいてくれているおむすびとヤカンとコップが、蝿よけの網の中に見えた。

長い間、お昼ご飯は食べてこなかったので、疲れてお腹が空いているが、何となく自分は食べてはいけないのだと思ってしまった。それで、ヤカンのお茶だけ飲んで、卓袱台の側で、敷かれている座布団を背中に乗せて眠ってしまった。

伯母さんに揺り起こされて目が覚めた。夕方なのかと思った。でも伯母さんは、「一人家に残してきた邦ちゃんが気になって、見に帰ってきたんや」と言い、「おむすび早よ食べな、晩になってしまうで」と言っておむすびの一つを取り上げた。黙って伯母さんの手から、渡されたおむすびを受け取り、食べようとした邦子は突然、声を上げて泣き出した。

伯母さんは吃驚して、

「どうしたんや、どうしたんや」と聞いた。

邦子は両手でおむすびを持ち、泣きながら懸命に食べた。伯母さんは、何故邦子が泣くのか解らなくてオロオロしながらも、タオルを絞ってきて、涙とご飯粒の付いた邦子の顔を拭きながら、

「一人でおるのが怖かったのか」と聞いた。邦子は慌てて首を振った。そして、手に残っているおむすびを一粒残さず食べた。その手を伯母さんが丁寧に拭いてくれた。

「もう一つ食べるか、さあ、お茶飲んで」とコップを持たせてくれた伯母さんの顔を見ながら邦子は、「ありがとう」と言って、冷たくなっているお茶を飲んだ。

「伯母さん、未だ畑仕事残ってるで、行っても大丈夫か」

「大丈夫、もう泣かへん」

「伯母さんに話したいことがあるなら、ソッと教えて」

「いつも石垣に隠れていたから、お昼ご飯なかった」

邦子は言ってから、自分で不思議な気がした。何故、伯母さんに話せたのか解らなかった。

「可哀想に、辛かったな邦ちゃん」伯母さんは邦子を抱きしめて泣き出した。

今度は伯母さんが泣いた。伯母さんは土の匂いがした。


一人で留守番をしながら、今日も自分で考えて、廊下を拭いたり、座敷を掃いたりした。

夕飯の時、伯母さんが、

「邦ちゃんが、どこも、よう掃除してくれて、家の中も外も綺麗になったわ、お父さん」と言ってくれた。

「そうか、賢い子や、でもな、未だ小さいから、根詰めて働いたらいかんで」

「綺麗にしてくれたからな邦ちゃん、小母さんすごく助かったで。そうや、ご褒美に日曜日、街に行こ、何か買ったげよな」

「それがええ」と伯父さん。

「お絵かきの道具買ったげたら、それなら邦ちゃん一人でも大丈夫やから」と月絵。

伯父さんも伯母さんも、そして月絵姉さんも、みんな邦子に、優しく気を遣ってくれた。


そして一ヶ月が過ぎ、この家に一人で留守番をすることに慣れてきた或る日、伯父さんが夕飯の時に、

「学校に行かせてやらんと勉強、遅れてしまうがな」

何かの話をしていて、その続きらしかった。伯母さんが、

「この近くでも、学校の帰り、虐められてた子がいたで、疎開ッ子、疎開ッ子言われて、虐められてたで」

「それでも邦子、学校に行かさんわけにいかんがな」

「ここでも虐められたら、あんまり可哀想や」と伯母さん。月絵姉さんが、

「私が教えたげる。お母ちゃん、私の二年生の時の教科書まだあるやろ」

「納戸に取ったる」

「後で納戸、探しに行こ」

「ここと伊丹の学校とは、教科書違うやろ」と伯父さん。

「かまへん、勉強したらええねん」五年生の月絵が張り切っていった。

夕食後二人で、伯母さんの片付けを手伝ってから、二階の納戸に行った。

大きくて暗い二階で少し怖かったが、月絵姉さんは平気で、余り明るくない電灯を次々つけて廊下を進み、一番奥にある大きな木の戸をガラガラ開けた。

「邦ちゃん、この下はな、家の裏の炭と薪置いたるやろ、その上や、晩お化け出んねんで」

「えー、ほんま」

「大きな頭してな、まっ黒なんが、ニューッと出てくんねん」

「いやや、早よ降りよ」

「嘘に決まってるやろ、恐がり、さー、早よ探そ」

月絵姉さんは、埃の被った沢山の本類を、次々廊下に引きずり出した。

「だいぶ前やからな、もっと奥かな」暗くてよく見えない。

「ローソク持ってくるわ、待ってて」

「怖い」

「お化け出えへんて」

「それでも怖い」

「そんなら邦ちゃん、ローソク貰てきて」

「解った」

「階段、気い付けや」

「うん、解った」

邦子は一段一段ごとに降りて、伯母さんにローソクを貰って上がりかけると、

「階段キツいからな、ゆっくり上がりや」と言いながら伯母さんも上がってきた。

ローソクは邦子が持っていて、伯母さんと月絵姉さんと二人で探し、やっと奥の方にあった、二年生と三年生の教科書を見つけ出して廊下に並べた。二十ワットの電球とローソクの光でかなり明るい。

伯母さんと月絵姉さんとで教科書を抱え、

「後は明日、明るいうちに片付けたらええ、ほっとこ」と伯母さんが言って、納戸を開けたまま、皆で降りた。

「ワァー、こんなんやったん」月絵姉さんは久しぶりに見る教科書を夢中で見ていた。伯母さんはタオルのお古で教科書一冊ずつ、丁寧に拭きながら、

「取っといて良かった。役に立つとは思わんかった」と板の間から、座敷で新聞を読んで

いる伯父さんに言った。伯父さんはチラリとこちらを見ただけで、また新聞に目を通しながら、

「月絵先生、忙しなったな」

おだてたのか、茶化したのか解らなかったが、その横顔が、伊丹の父によく似た優しい笑顔だった。

タミの兄である伯父さんは、タミとはまるで性格が違っていた。

後になって知ったことだが、伯父さんの母親は、伯父さんが六歳の時、亡くなった。その後暫くして、お祖父さんは後添えを貰った。この後添えがタミ達の母親で、幼い頃伯父さんは、継母に酷く殴られた。何かにつけて殴られた。それで伯父さんは小学校四年生の時に家出した。出来るだけ遠くに行こうと思い、持っているだけのお金で汽車に乗った。そして彷徨(さまよ)っている時、滋賀県の大きな百姓家に拾われ、懸命に働いて成長したとのこと。恩人の人達に気に入られ、入り婿になったとのこと。大きな百姓家の主になっていることを知ったタミとその姉が、或る日突然訪ねてきたので、

「お父さん、すごく吃驚したんやて」と月絵姉さんが邦子に話した。

邦子は、(それで伯父さんとお母さんは兄妹なのに、違うのや)と思った。

伯父さんは、自分が幼い時に虐待されたので、邦子の様子を見て案じてくれたのだとおぼろげに理解した。

月絵は邦子に、二年生の教科書で勉強を教えながら、邦子が殆ど何も解らないことに気づき、始めのうち、教科書が違うからかと思って、そんな話を母親にしてみた。それで伯母さんは「いつも石垣に隠れていたから、お昼ご飯なかった」と、邦子が泣いて言ったことを思い出し、月絵に話した。

「石垣に隠れてたって、どういうこと？　お昼ご飯なかったって、そしたらあの子いつも、お昼ご飯食べてなかったん」

「泣きながらおむすび、一生懸命食べてた」

伯母さんは涙声で話した。

「滅茶苦茶や」月絵姉さんは腹立たしく呟いた。

「彼奴(あいつ)も母親そっくりの性格してやがる、邦子は相当虐められてたんやろ」

「そやかてお父さん、実の子やで」と伯母さん。

「彼奴が、邦子連れて来た時のこと」

「あー、そうやった。かなり酷い格好させて来たな、ご自分は着飾って」

「親父はえらい女、後妻にしよった。娘までそっくりや」

「お父さんは紡績会社の偉いさんやろ」と伯母さん。

「それで耕吉さんがタミを押し付けられたんや、恐らく断れんかったんや」

「エラい、因縁やな」

父と母の話を側で聞いていた月絵は、

(私が一生懸命、勉強教えたげる)と決心した。


一年が過ぎた。

「麦の刈り入れが始まったら忙しくなる、また邦ちゃん一人になる日が多くなってしまう」と伯母さんが伯父さんに話していた。

そんな、六月になった或る日、タミが突然に来て、一人で留守番をしていた邦子に、

「家に帰るのや、早よ来い」と言った。

いくら邦子が幼くても、伯父さん、伯母さんの留守の間に黙っていなくなることは出来ない。しかし、自分の言うことを聞いてくれる母親でないこともハッキリ解っている。それで、黙って座敷に駆け上がり、いつも月絵姉さんと一緒に勉強していた机の引き出しからバフン紙を取り出し、慌てて、

「お母さんがきた」と書いた時、タミが座敷に上がってきそうに、

「早よせんか、アホめが」と怒鳴った。

見付かっては拙い、それ以上書くことが出来ず、書いた紙を座敷の真ん中に置いて、筆立てを載せ、月絵姉さんと勉強していた三年生の本全部と帳面を、月絵姉さんに貰った布製の手提げカバンに必死の思いで入れた。そして、タミが邦子の側に来る前に自分から玄関に駆け出し、下駄箱にしまっておいた革靴を抱えて門まで行き、そこで足の裏の土を手で払ってから、靴下無しで革靴を履いた。革靴を履くと兄ちゃんが守ってくれる気がした。

「サッサとせんか」タミは邦子を脇門から外の路へ突き飛ばした。

邦子は路に四つん這いになって、口の中に土が入った。でも、教科書の入った手提げ袋は放さなかった。タミが脇門を潜って外に出ると、顔が擂り剥けて血が滲んでいることも気付く余裕を与えず、邦子を見下ろし、

「早よ立て、サッサとせい、早よ歩かんか」と怒鳴り、暫く辺りを窺うように見てから歩き出した。

邦子は書き残したものを、伯母さん達が見付けてくれることを一心に願いながら、ただそれだけを思って大きな不安を抱いたまま、母親の声を恐れて歩き続けた。

タミは、邦子が付いて来ているか時々振り返り、大津駅に着くと、自分より先に邦子を汽車に乗せ、空いた席に座らせると、邦子より後ろの方に行き、隠れるように離れた席に

座った。そして大阪駅に着くと、邦子を残して自分だけ下車し、一度も振り向かなかった。

邦子は大阪駅を覚えていた。汽車が大阪駅に着いた時、母が入口に向かっているのを見て、急いで降りた。五、六人の大人が、母との間にいる。

母を見ながらその後を追っていた時、邦子はふと、順子姉に会いたい。お父さんに会いたいと思った。迷子にならないように気を付けて、しばらくは母を必死で見て追っていたが、大勢の人達に押されて母を見失った。

ウロウロしていると駅員さんが来て、

「どこに行くの」と尋ねられ、「はぐれたの?」と聞いてくれた。

「伊丹行きのホームはどこですか」

「伊丹に行くの」

「はい、伊丹の家に帰ります」

「ここまで誰と来たの」

「お母さんと」

「そしたらお母さん、心配して捜しているかもしれない。放送してあげるから駅長室においで」邦子は頷いて駅員さんに付いて行った。

「邦子さんのお母さん、邦子さんは駅長室で保護しています。迎えに来て下さい」

間を置いて三回放送されたが、邦子の母親は現れなかった。

「邦子ちゃん、伊丹の駅降りたら一人で帰れるかな」

駅長さんが聞いてくれた。

「帰れます。家近いから」

「そう、小父さんと一緒に伊丹行きのホームに行こう」

駅長さんは篠山行きのホームまで邦子を連れて行き、汽車がホームに入ってきて止まるまで一緒にいてくれた。そして、車掌に、

「この子、伊丹で降ろしてあげて下さい」と言ってから、邦子を汽車に乗せ、座席に座らせて、

「伊丹に着いたら、気を付けて家に帰りなさいよ」

「はい」邦子はありがとうございましたと言いたかったが言えなかった。その目は涙で一杯になり、駅長さんの顔がよく見えなかった。駅長さんは邦子の頭を何度か撫でてから汽車を降り、ホームから邦子のいる窓を見ていた。

邦子は、汽車が走り出すと窓を叩いて駅長さんに頭を下げた。それが邦子にとって精一杯のお礼だった。

汽車が伊丹駅に近づいてきた時、お兄さんの車掌さんが邦子の側に来て、

「次だよ、足下に気をつけて降りなさい」と言ってくれた。

「ありがとうございます」と言えた。

日が傾き始めた伊丹駅に降り、邦子を見ている車掌さんに、丁寧に頭を下げた。車掌さんは笑顔で手を振ってくれた。邦子も手を振って改札に向かったが、そこで初めて気が付いた。切符を持っていない。どうして改札を出れば良いのか解らない。

ホームで、一人取り残された。下車した人達は皆、既に改札を出てしまっている。

「邦子ちゃん、邦子ちゃんやな」改札の人が呼んだ。

「大阪の駅長さんから電話があったよ、邦子ちゃんが着くから通してあげて、と言ってたよ。早く通りなさい」

優しい小父さんで安心した。別の若い駅員さんが、

「どうした、何で一人になったん」

「大阪駅でお母さん、見失った」

「お母さん、捜さんかったんかな」と若い駅員さん。

「ここまで無事に帰って来れて、良かったな」

「早よ帰り、暗くならないうちに、家どこや」年上の人が聞いてくれた。

「そこ、坂上がって、少し行った所」

「それなら解るな、早よ帰り」

「すみません」

改札を出て急ぎ坂道を登りきった所で、心臓が潰れそうなほど、ドキドキ音を立てた。忠魂碑のある公園の入口で、倒れそうにしゃがみ込んだ。家がなかった。

路が見たこともない広さになっている。別の町に来てしまったのかと思った。でも確かに伊丹で降りた。いつも見ていた伊丹駅に間違いなかった。どうなっているのか解らなくて、ただ呆然と地面に座り続けていたが、遠くに見たことのあるような建物があるのに気付き、板前の小父さんを思い出して立ち上がり、痛い足を引きずりながら料亭の裏口に辿り着いた。板前の小父さん達がいつも働いていた裏口は閉まっている。

戦争が激しくなって、食べる物を売る店は殆ど、閉業していることを邦子は知らない。

真向かいにあった自分の家が消えてしまっている。ふと、浦島太郎の物語が頭を掠め、悲しさと恐怖が入り交じった。お父さんは、順子姉は、次々と不安に襲われた。

兄が買ってくれた靴は、邦子の足に合わなくなっていることにも気付かなくて、素足のまま履いたので、両方の足の踵と指は血に染まっていた。邦子は靴を脱いで揃え、それを左手に提げた。右手は、月絵姉さんと一緒に勉強した、本と帳面の入った手提げカバンを、不安から逃れるように、確り持ち続けた。

立ち尽くしているうちに、この路を駅に引き返せば父の会社に行けると思い、もう一度、素足のまま駅の方に引き返し、坂を下ってから駅の方ではなく、右に見える汽車の踏切に向かって歩き続けた。父の会社に辿り着いたが、高い鉄の大きな門は閉まっていて、会社も辺りも、迫ってきた夕闇に静まり返っている。門の前を通り越して、東に向かう道は次第に細くなり、猪名川の土手に辿り着くが、大きな木が生い茂っていて、それが一気にワァーと自分に襲ってくるような恐ろしさを感じ、暫く後ずさりしながら、踏切に向かって走った。

もうどこに行って良いのか解らず、暗いところは怖いので、明るい駅の待合室に入り、椅子に腰掛けた。改札を通してくれた小父さん達がいないかと、気を付けて見ていたが、二人とも別の人に変わっていた。

隅の方の椅子に座り、そこで長い間ジッとしていた。ガラス越しに、邦子を見ていた若い駅員さんが、駅長らしき人に何か言っている。長くいたので怒られるのかと恐れ、両手でカバンと靴を持って逃げる体勢になったが、立ち上がる前に、駅の外から待合室に入ってきた人が、

「嬢ちゃん、誰か待っているの」と優しく尋ねてくれた。

邦子は首を振ってから安心して、

「喉渇いた。ホームのお水、飲んで良いですか」と聞いた。

駅長らしき小父さんが、

「こっちにおいで」

付いて行くと、駅長室でお茶を貰うことが出来た。

駅長さんは邦子の足に気付き、バケツの水で洗いながら、

「酷いことになってる、黴菌が入ったらいかんで薬塗っとこ」

薬箱を取り出し、

「シむけど、我慢してな」と言って、脱脂綿にオキシドールを含ませ傷に当てた。飛び上がるほど痛かったが、邦子は歯を食いしばって我慢した。

「嬢ちゃんは強い子やな、もう少し我慢してな」

駅長さんは傷口を全部消毒してから、

「これもちょっとシむで、堪忍な」と言って、傷口に黄色い粉のヨードチンキを振り掛け、包帯でグルグル巻いてくれた。両足の踝から下全部、白い包帯でくるまれた。若い駅員が入ってきてこの様子を見ていたが、

「駅長、この子、靴が小さいのと違いますか」

「そうらしい、何でこんな小さな靴、履いてきたの」

「兄ちゃんが買ってくれたから」

「兄ちゃん、どこにいるの」

「兵隊さんに行った。行ってしまった」

話す邦子の声は、寂しさに涙が滲んでいた。駅長も駅員さんもそれを察した。

「お家、どこ」

「お家、なくなってる」

「何で」駅長と若い駅員が顔を見合わせた。

「駅長、もしかしたらこの子、立ち退きがあった所の子とちがいますか」

「あー、あそこの一筋。嬢ちゃんの家、どこら辺りにあったの」

「やぎゅうさの前です」

「やぎゅうさ、お前知ってるか」

「やぎゅうさ、どこやろ」

「いつも白い着物着て、大きな前掛けしてた、小父さんが」

邦子は、考え、考え、必死で答えた。

「板前のことと違いますか」

「あー、そうか、八木料理旅館のことかな。青木、この子おぶって、場所確かめてきてくれ」

「はい、解りました」

「解ったら近所の人に、この子の家、どこに引っ越したか確かめてくれ」

「はい、解りました。あんたの名前は」

「邦子です」

「そな、兄ちゃんにおぶされ」

若い駅員は邦子を背負って、坂道を上がって行った。後に残った駅長は、「立ち退きのこと、何であの子知らんのかな」と呟き首を傾げた。


若い駅員さんは、坂を上がり切った所まで来て、

「ここに建っていた家な。邦ちゃん、ずーっと一列、立ち退きになったんや」

「立ち退きって何、それ何時のこと」

「一ヶ月、いや、二ヶ月ほど前かな、空襲になって、焼夷爆弾落ちて、家燃え出したら、逃げ場ないやろ、道狭かったら。それで道広げるために、一列立ち退きになったんや」

「ウチだけ？」

「そや、急に強制立ち退きになった。それで邦ちゃんの家のうなったんやな」

「そしたら、お父さんと順子姉ちゃん、どこに行ったん」

「それ、これから捜そ」

「はい」

邦子は元気に答え（場所、間違ってなかった、良かった）と思い、大変な不安が消えた。

「ここに私の家、あった」と八木さんの裏口に来て言った。かなり暗くなっていた。

電柱に取り付けられている街灯が、所々あったが消されていた。街全体が闇の底に沈んでいる。

駅員さんは少しウロウロしてから、八木さんの門の方に廻った。未だ門は開かれていて、正面の大きな玄関は閉ざされていたが、右の植え込みの間から僅かな灯りが見えた。

駅員さんは灯りに向かって、飛び石伝いに進み、すぐに小さな玄関まで行くことが出来た。駅員さんが呼び鈴を押すと、奥から駆け出してくる足音が聞こえて、あの女将さんが玄関を開けた。

「あのー、すみません、邦ちゃん覚えていますか」と駅員さんが背中の邦子の顔がよく見えるように、灯りに向けた。

「邦ちゃん、まー、どうなさった。何でここに」

「奥さん、この子の家の人達、どこに越されたか解りますか」

「新伊丹に越されたんです」

「新伊丹のどこか解りますか」

「駅の西側で、すぐ近くですと、お父さんが言いなすっただけで」

「詳しい住所、解りませんか」

「まだ私らは、それだけしか聞いていませんが」女将さんはかなり不審な思いで言った。以前のことがある。邦子に対する虐めが未だ続いているのかと、邦子の顔を見た。

「それでこの子どうしました。あれー、邦ちゃん、足どうしたの」

「靴擦れです、駅長が手当てしました」

「家、解らなかったら、この子どうしますの」

「駅長が待ってますので、一旦駅に帰ります」

「私もすぐ後から行きます」

「お願いします。失礼します」

駅員さんは玄関から離れ、門の外に出て急ぎながら（これは間違いなく事件やで）と思った。

駅長室に戻り、八木さんに聞いたことを駅長に報告した。

「大阪駅まで、お母さんと一緒に戻って来たね、何でお母さんこの子が迷子になったのに捜さんかったのかな、大阪駅に問い合わせたら、三回迷子捜しの放送したそうや、お母さん現れんかったので、伊丹行きに乗せたそうや」

「邦ちゃん放っといて、自分だけ帰ってしもたんやろか」と若い駅員さん。

「そういうことらしい」駅長は、憮然(ぶぜん)とした面持ちで言った。

暫くして、八木亭の女将さんが小走りに駅長室に入って来て、

「ご厄介お掛けします。邦ちゃんお腹空いたやろ、こんなのしかないけどお上がり、駅長さん良いですか」

「良いですよ、良かったな、温かいお茶いれたげよな」邦子に言ってから、「それで新伊丹に引っ越したことだけしか解りませんか」

「この子の上の子が小学校、五年生のはずです、学校もう誰もおって出ないか知らん」

若い駅員さんが受話器に飛びついた。駅長がメモ帳をくって、若い駅員に見せた。グルグル受話器の数字が回った。

「アー、いた」と駅員さんが叫び、「もしもし」と言った。

「解るかな」と駅長。女将さんは心配そうに駅員さんの対応を聞きながら、

「たしか順子ちゃんや、五年生の園部順子さんです」と駅員さんに教えた。

「国鉄、伊丹駅、駅長室」と言って相手に、駅長室直通の電話番号を告げた。

「調べて電話してくれるそうです」と駅長に報告してから、

「仕事に戻ります」と言って、駅長室を出て行った。

女将さんは駅長と話しながら、持って来た折弁当を邦子に開けて、

「こんな物しかないけど、早よお上がり」と言って邦子に割り箸を握らせてから、駅長と二人で、邦子より少し離れた席に移り、何か頻りに話していた。

電話が鳴って、駅長が駆け寄り、

「伊丹駅、駅長です」と言った。そしてメモ用紙に書き取りながら何度か、

「はい、はい」と言った。

邦子は朝ご飯を食べただけで、母親に引き摺り出されてきたので、伯母母さんが作っておいてくれていたおむすびは食べられなかった。久しぶりにお昼抜きだったが、そのことを忘れていた。女将さんが持って来てくれた折弁当を見て、お腹が背中にくっ付きそうになっていることに気が付き、駅長さんが入れてくれたお茶と替わりばんこに、夢中で食べた。何も考えずに夢中で食べた。

足は薬が効いてきたのか、痛みが和らいでいた。

やっと邦子の家の引っ越し先を突き止めた駅長が、先ほどの若い駅員さんを呼んでメモを渡し、本町通りにある電話局に走らせた。入れ替わりのように、交番所のお巡りさんが

来た。

女将さんと駅長さんとお巡りさんの三人で、何か小声で話していて、お巡りさんは持ってきた帳面に、頷きながら何か書き込んでいた。


これと同じ頃、石山からの電報を受け取った耕吉が、

「タミ、お前今日、石山に行ったのか」

「行ってないで、何や」

「邦子連れて帰って来たのと違うか」

「邦子どうしたんや、おらんようになったんか」

「お前が連れ出したのと違うのか」

「行ってない言うてるやろ、邦子、おらんようになったんかいな、それやったら、あっちの責任や」

「責任て、責任を石山に押し付けるのか」

「そらそうや、当たり前のことや、預かったんやから、おらんようになったらあっちの責任やないか」と言い合っている時、再度電報が来た。耕吉は受け取って読み、それを作業服のポケットに突っ込み、無言で表に出た。

急ぎ自転車で来て邦子を見た父が駆け寄り、

「良かった無事で、一人で帰って来たのか」

「園部さんですか」父はそこに巡査がいたことに吃驚し、気が付いて周りにいる人々を見た。巡査は更に聞いた。

「奥さんは何も言っていなかったのですか」

「いいえ、何も。何があったのですか」巡査に動揺した声で言ってから、駅長の顔を見た。

邦子は、父がお巡りさんに叱られるのかと思い不安になった。

お巡りさんと駅長さんが、暫く無言で顔を見合わせていた。女将さんが邦子の側に来て、

「お腹大きくなった、お菓子持って来るの忘れたわ、あんまり急いだから」

「ご馳走さま、もう食べられへん」

「大きゅうなったね。太って元気そうになってる。石山の伯父さんとこ、大事にしてくれた？」

「はい、大事にしてくれた。月絵姉さんと勉強してました」

「そう、それは良かった。勉強も出来たんやね」

「うん、楽しかった。月絵姉さん優しかった」久しぶりに会うことが出来た八木亭の女将

さんに、邦子は安心して話が出来た。

「あの〜、白い前垂れの小父さんは」

「板前さん達ね、小母さんとこ、お商売出来んようになって、仕方ないから、辞めて貰ったの、でもまた店始めたら、帰ってきて貰うことになってる。あの小父さん達、邦ちゃんのこと、すごく心配してたで。邦ちゃん、早よ大きくなって、お姉さんになって、頑張って生きていくのやで、な」

「はい、頑張って生きて行きます」女将さんは邦子の両手を握り締めてから、邦子の頭を抱え、自分の胸に押し当てた。邦子はちょっと息苦しかったが嬉しかった。女将さんの胸は温かで、微かにお花の匂いがした。この時、女将さんの目に涙があったことを、邦子はその後も長く忘れなかった。

父はかなり長い時間、お巡りさんに尋問されていた。

若い駅員さんが、自分の仕事が終わったのか、駅長室の隅っこに座っていた。

駅長室の柱時計が十時を告げた。お巡りさんが、

「後日、お宅に伺います」と言って帰った。

父は居合わせた人達に、特に駅長さんに、邦子を助けてくれたお礼を、何度も言っては頭を下げた。そして、

「良い方にお会い出来て良かったな、お礼を申し上げなさい」

邦子は、部屋の隅に座っている若い駅員さんに、

「ありがとうございました」と、頭を深く下げた。

「良かったな、元気でな」言葉数は少なかったが、駅員さんは自分のことのような嬉しさで言ってくれた。

駅長さんの方を見て言いかけると、

「お家に帰れるね、良かったね」駅長さんが先に言った。

優しく気を遣ってくれた駅長さんを見ている邦子の目に涙が溢れ、ありがとうございました、と言いたかったが言葉が出なかった。

駅長さんが、「良かった、良かった」と邦子の代わりのように言った。父が無言で頭を下げ、椅子に座っている邦子を抱き上げた。抱き上げながら（邦子、かなり重くなった、丈夫になった）と思った。

駅長さんが、邦子の履いていた靴を父に渡した。それを受け取って見た父が、ギョっとしたような顔で駅長さんを見てから、無言で首を垂れた。駅長さんは、邦子を抱いている父の肩を何度か、慰めるように軽く叩いた。邦子の履いていた靴は薄い茶色で、踵の部分が血に染まっていた。

女将さんも一緒に駅長室を出て、外まで送ってくれている駅長さんにまた、何度もお礼をくり返した。邦子はこの時も駅長さんの顔を見ながら（ありがとうございました）と言おうとして喉が詰まり、涙が先に溢れた。駅長さんは邦子の頭を撫でながら、「元気でな」と言ってくれた。

父は邦子を自転車の荷台に乗せて歩き出した。女将さんと父は、何か話しながら歩いた。八木亭の裏口に来て女将さんは、邦子の手提げカバンを父の自転車の前篭に入れてから、邦子に、「元気でいなさいよ」と手を握ってくれて別れたが、その姿は暗闇に邪魔されて、すぐ見えなくなってしまった。

灯火管制のため、街の灯りは全部消されて、家々の灯りも、外に漏れないように、黒いカーテンか、雨戸が閉められていた。

真っ暗な中を父はゆっくり自転車を走らせながら、

「お母さんはいつ頃、伯父さんの家に行った」と聞いた。

「お昼頃、伯母さん田圃やった」

「なるほど、伯母さんに〝さようなら〟言えんかったのか」

「うん、月絵姉ちゃんにも言えんかった」

「月絵姉ちゃんは、優しくしてくれたのか」

「勉強、教えてくれた。毎日一緒に勉強してた」

「そうか、近いうちにお父さんと一緒にお訪ねしような、お礼言わないかんで」

「お父さん、私、帰りたくなかった。でもお父さんと順子姉ちゃんに会いたかった」

「そうか、元気になって良かった」父は、邦子がハッキリと話が出来るようになっていることが嬉しかった。（皆さんが大事にしてくれていたのだ。有り難いことだ）と思った。

父はそのまま電話局に行き、

〃邦子無事、ご安心下さい〃と電報した。

自転車は真っ暗な街を抜けて、新月と星明かりの田園風景が広がっている中を走り、今度は大きな屋敷が並ぶ中を暫く走って止まった。

東に続く路の向こうに灯りがあり、それが阪急新伊丹駅だと、父は邦子に教えた。

自転車を門の中に入れてから、待っている邦子をおぶった耕吉が玄関の戸を開けた。その途端、玄関の間の襖が開き、二人を見たタミが、

「邦子、どうしたん、一人で帰って来たんか、伯父さんに帰る言うたんか、黙って勝手に帰って来たらあかんで」

邦子を責めるように言った。邦子を上がりがまちに降ろした耕吉の手がタミの頬に跳んだ。思いっ切り張り飛ばされたタミがよろけて畳にへたり込んだ。そのタミの胸ぐらを掴

んで次の拳が上がった時、

「お母さん叩くの止めて」と邦子が叫んだ。勝手に声が出てしまった。いつも冷静な父が、我を忘れて振り上げた拳をそのままに
「こんな酷いことされても、お前はまだ、お母さんが大事なのか」

邦子は父の顔を呆然と見詰めているだけで、答えようがなかった。

父は母親の胸ぐらから手を離した。

タミは殴られた悔しさの中で、（こいつ、喋りよった。もの言いよった）と思いながら邦子を見ていた。


後々になってから邦子は、この時のことを思い出す度に、自分自身で、地獄の底に落ちる入口を、既に作ってしまっていたことに気が付いた。咄嗟に〈お母さん叩くの止めて〉と叫んだその言葉によって。

あの時、何故、〈お母さんを叩くの止めて〉と叫んでしまったのだろう。

自分のことで、父と母が争って欲しくない、

（足が痛くて、早く歩けなくて、それでお母さんを見失った自分が悪いのだから）と思い込んでいたので、咄嗟に叫んだのかも知れない。でも本当のところ、何故あのような言葉

が、考えてもいなかった言葉が、咄嗟に口から出てしまったのか解らないままで歳月を過ごし、同時に、この時の父の悲しそうな表情が、幼い心に深く染み込んで残った。

父は邦子を抱いて奥の座敷に入り、

「風呂に入れんから、待っていなさい」と言って廊下に出ていった。
邦子は、初めて見る家の中で、（これが自分のウチなのか）と定まらない思いで見回していた。

風呂場でタオルを絞ってきた父が、手と顔を拭いてくれた。そして廊下を父に抱かれて順子姉達が眠っている部屋に入り、着替えさせて貰ってから布団に入った。

今夜は順子姉の側で眠るのだと思い、月絵姉さんと並んで眠っていたことを思っているうちに寝入ってしまった。

突然に、いろいろなことが起きすぎて訳が解らなかったが、疲れ果てている躰はすぐに、深い眠りに誘われた。その寝入った躰を父は布団の上から、そっと擦（さす）った。

以前から父が一人で耕していた畑の側に古民家があったので、それが今、一家の新たな住まいとなった。

この時期、田舎に疎開していった家族の空き家が彼方此方にあり、そんな家を、安く買うことが出来た。突然に起きた強制立ち退きのために、父が、住んでいた人を捜して訪ねて行き、古い家を買い取ったのだと、順子が邦子に説明した。父は前の家と同じように、姉妹三人の机を並べて置いてくれていた。

伊丹に帰った次の朝、空襲警報のサイレンが空一杯に大きく鳴り渡った。その時タミが強い語気で、「早よ来い」と言った。邦子は吃驚して母親に付いて家の外に出て、素足のままで（家の中にいるのが危険だから外に逃げるのか）と思い後を追った。

タミは麦畑の真ん中に邦子を連れて行き、

「そこに立っとれ、動くな」と言ってから、駆けるような早足で立ち去った。

邦子はここが避難場所なのかと思い、ジッと空を見上げた。暫くして、真っ黒な飛行機が家の松の木の天辺を掠め、邦子が立っている真上を飛び去った。と同時に、刈り入れ前になっている茶褐色の小麦が、数カ所燃え上がった。邦子はぼんやりとその火を見ながら、（これで死ぬのかな）と、それだけ思った。何故か、恐ろしさも怖さも感じなかった。ただ、ぼんやりと、燃え上がっている小麦を見ていた。一瞬、真っ黒な飛行機と共に、ズボンをはいた片足を見て、不思議な気がした。人間を見たと思った。

火は燃え上がって、少しずつ邦子に近付いてきて、一つずつの火が、薄い灰色の煙となって燻っている。

その煙を見ながら、（お母さんは、お母さん大丈夫かな）と辺りを目で捜したが、姿が見えないので、すぐ近くの松林の中に建っている農具入れの小屋に行くと、小屋の入口にタミが立っていて、全くの無表情でジッと邦子を見下ろした。

邦子は（お母さん、余程怖かったのかな）と思いながらその顔を見ていたが、タミは無言のままで立ち去り、家に入ると音高く玄関の戸を閉めた。母が施錠した音は微かだが鋭く響き、その音が、焦げた麦の匂いと共に見渡す限り澄み切った青空へ、薫風がさらさらと軽やかに、何事もなかったかのように運び去った。

邦子は小屋の前から、未だ、僅かに白い煙が上がっている麦畑をぼんやり見ていたが青々と茂るソラ豆の畝に入りしゃがみ込んだ。包帯は汚れてしまって、履物がない。ソラ豆の実っている莢を見ながら、月絵姉さんのことを思い、伯父と伯母さんのことを思い、途切れなく頬に流れる涙を、服の袖で拭いながら、石山に帰りたいと強く思った。

その翌日、邦子は一人で伊丹小学校に行った。母親に、

「お前みたいな奴、家におるな、学校に行かんか、この横着者めが」と怒鳴り付けられ、

ランドセルを掴んで表に逃げ出した。

何回もの大空襲で、父が勤めていた工場は全焼していた。父は邦子を案じながら、数人で焼け跡を片付けていた。

邦子は一人で学校を探しに歩き出し、何回も出会った大人に聞いて、やっと小学校に辿り着くことが出来た。

一年以上抜けてしまっている。三年生になっているはずなので、中山先生なのかどうか解らない。二年生の教室でないことは解っていた。では、自分はどの教室に行けば良いのか、それで迷った。

勇気を出して、校長室に行った。教員室に行くのは怖いから、中生先生が怖いから。以前、校長室はいつも少しだけドアが開いていた。それが、校長先生が部屋の中にいるという合図になっていた。

当然、校長先生は、以前と同じ前田先生だと思っていたので、そのすごく優しい笑顔を思い浮かべながら近付いた。今も少し開いている。

校長先生は一学期、二学期、三学期の始め、朝礼の時必ず全校生徒に、

「校長先生に話したいことがあれば、どのような話でも良いから校長室に来なさい。皆が入りやすいようにドアを少し開けておくから」と話されていた。それで、校長室は、校長

先生がおられる時は、ドアが少し、開けてあった。


前田校長先生は邦子が一年生の時、ある朝、一人の生徒を朝礼台に上げた。

「岩本君は今、高等科二年生です。岩本君は今から、特攻隊に入隊します」

それから何を話されたのか、邦子には解らなかったが、朝礼台の下で待っていた軍人二人に挟まれて、一緒に校門を出て行く岩本君の姿が見えなくなるまで、生徒も先生も回れ右して皆声もなく見送った。そして全員、校長先生が立っている朝礼台の方に向き直った。

校長先生が何か話し出そうとされ、

「未だこれからの人なのに、悔しい」と、歯を食い縛って嗚咽(おえつ)される姿が、朝礼台の上で、マイクを握ったまま揺れている。涙を堪(こら)え、尚も何か話そうとされたが堪えきれなくなったのか、そのまま朝礼台を降りて、校舎に入ってしまわれた。校庭に残った先生方の多くが泣いている。五年生も六年生も泣いている。一年生は何か解らなくて泣いていた。

教頭先生が朝礼台に駆け上がり、

「解散、駆け足で教室に入りなさい」と大声で言った。皆その場から一斉に、てんでんバラバラに自分の教室に向かって駆けだしたので、校庭は忽(たちま)ち空っぽになった。その時の光景が、邦子の脳裏に強く残っていた。

校長室のドアの前に来て、少し開いているので中を見た。入口近くに大きな衝立（ついたて）があって、それに遮られて、校長先生が中にいるかどうか解らない。急に動悸が激しくなって、苦しくなってしまったのでソッと後ずさりしてから、逃げるように去った。失敗したので、ソッと図書室に入り、手頃な本を取りだして広げた。幸いなことに誰も図書室に入ってこなかった。

初めて見る本を何冊か取り出してパラパラと見ながら、石山の人達を思い出し、月絵姉さんと一緒に勉強していた日々を思い出し、会いたいと頻（しき）りに思った。

家に帰るのは怖い。それでもう一度、校長室に行こうと決心して、校長室の入口まで行った時、中から校長先生が出てくるのと鉢合わせになりかけ、吃驚して見上げた。

「入りなさい」と優しい笑顔が見下ろしていた。邦子は頷き、校長室に入りながら、（良かった、前田校長先生やった）と思った。

「そこに掛けなさい」と言われてフカフカの長い椅子に座った。背もたれが遙か遠くにある。

「どうしたの、話してごらん」校長先生は小さな声で、話し掛けてくれた。

邦子は安心しながら、校長先生は自分のお父さんより大分、お年寄りだと思いながら、

「私、どの教室に行って良いか解りません」と話すことが出来た。

「一年生の時は、何先生」

「中山先生です」

「二年生の時は」

「中山先生です」

「持ち上がりだったか、今三年生ですか」

「はい」

「三年生になって、その時、何先生の教室」

「二年生の時、石山に行きました」

「そして、何時(いつ)、帰って来たの」

「昨日、その前」

「一昨日、石山から帰って来たのだね」

「はい」

「一昨日」と校長先生は何か考えておられ、

「汽車の駅長さんに保護された子だね」

「はい、そうです」

邦子は自分で意外に思えるほど、校長先生の質問に答えることが出来た。

「園部邦子さん、ですね」

「はい」

「ここで待っていなさいよ」

校長先生は自分でお茶を入れ、邦子に持たせてくれた。それから、

「先生が迎えに来るまでここにいなさいよ」と、もう一度言ってから、校長室のドアを閉めて、どこかに行かれた。

邦子は、フカフカの椅子に座っているのがしんどくて、床に足を伸ばし、椅子の端に凭(もた)れて、校長先生が入れてくれたお茶を少しずつ飲んだ。かなり緊張していたのでお茶が美味しいと思った。

たった一人で、崩れた石垣の陰に隠れて、書き取りなどしていた時のことを思い出した。あの時、ここに来ることを思い付いていれば、校長先生が助けてくれたのに。今日は頑張って来て、話すことが出来て良かったと思った。

ドアが少し開いて、

「園部邦子さん」校長先生の声だった。

「はい」邦子が答えると、ドアがもう少し開いて、

「教室に行きましょう」と校長先生が入って来られた。

「園部邦子さんは三年四組でした。先生と一緒に行きましょう」

邦子は何先生の組か少し不安だったが、校長先生の後に付いて誰も歩いていない静かな廊下を素足のまま歩いた。踵の傷は未だ治っていなくて、昨夜、父が取り換えてくれた包帯は汚れてしまっていた。

三年四組の先生は、中山先生より年上だった。

校長先生と一緒に教室の前のドアから入ってきた邦子を一目見て、担任は顔を顰めた。そして、

「来るのが遅かったけれど四組の園部さんです。園部さん、後ろの空いている席に座りなさい」

邦子は家から一人で来て、上等の服装ではなかった。

一旦廊下に出た校長先生が、後ろのドアから入って授業の様子を見ておられた。それで教室の人達は皆、校長先生が見ていることを強く意識し、中にはソッと後ろを振り返る子もいた。

何時間目か解らなかったが、その時間が終わって、校長先生と一緒に教室を出て、もう一度校長室に戻った。

若い事務員が待っていて、一礼しながら
「揃えてきました」

「ありがとう」

穏やかなやり取りを聞いて、邦子は安心した。

大きな会議用の机の上に、三年生の真新しい教科書が並んでいる。それを一冊ずつ持ち上げてから重ねた校長先生が、

「島田さん、下仲先生の時間割を貰ってきて下さい」

「はい」事務の島田さんは急ぎ出て行った。

「本が揃ったけど、カバン降ろしてごらん」

邦子は、二年生の初めまで使っていたランドセルに、本を入れてきていた。校長先生は中の本を取り出し、

「この教科書どうしたの」

「月絵姉さんのです」

「石山で学校に行っていなかったの」

邦子は黙って頷いた。何かすごく悪いことをしていたような気がした。

「でも、月絵姉さんが、勉強教えてくれました」と言い訳した。言わないと、月絵姉さん

に悪い気がして、精一杯頑張って言った。

「そう、これ、どこまで勉強したの」

「全部」と言ってから、「理科は半分ぐらい」と付け足した。

「そう、それはすごいね、偉かったね、頑張ったね。だったら心配ないね。皆より大分進んでいるから」と校長先生。邦子の頬が緩んだ。嬉しかった。（勉強が遅れていなかった）と思った。

校長先生に、新しい教科書をランドセルに入れて貰い、島田さんと一緒に医務室に行った。医務室には誰もいなくて島田さんが傷の手当てをしてくれた。そして、今度は島田さんが、下仲先生の教室に連れて行ってくれた。

四時間目を皆と一緒に過ごしながら、理科だと思い本を出したが、どこを勉強しているのか解らないまま、一時間が過ぎた。

組の人達は、給食を待っていた。お爺さんの用務員さんが、篭に入れた、アルミのお椀とアルミのしゃもじを、生徒の人数分置いていった。

お弁当を持ってくることの出来ない子が多くなったので、校長先生が、近在の百姓家を廻って懇願し、かき集めた野菜や穀類を使って、おじやとか、すいとんの給食があると、横の席の男の子が邦子に教えた。それで邦子も座って待っていた。

先生が自分の生徒のために、給食用のバケツに入った〝おじや〟を提げて教室に戻ってきた。そして邦子を見ると、急ぎ側に来て、

「早く帰りなさい」

先生は、自分で邦子の教科書をランドセルに詰め、背負わせて、教室から追い出した。

当然、自分も給食が貰えると思っていた邦子は、ものすごく恥ずかしい思いをしながら、校舎の裏口に脱いでおいた突っ掛けを履き、家に向かって歩き出した。

家を逃げ出す時、咄嗟に誰のか解らない履物を掴んで出たので、邦子には大きくて歩きづらくてガタガタ気の引ける音がした。

優しい校長先生と、島田お姉さんのことだけを思って歩いていた。

気が付くと国鉄の駅の方向に歩いている。産業道路まで来ていて、家がなくなっていたことに気が付き、自分の家はどこなのかと、不安になった。

あの時、真っ暗な路を父の自転車の後ろに乗って、引っ越した家に行ったので、帰る路が解らない。それで、今朝どうして学校まで行ったのかと、四つ辻に立って思い出そうとしたが、動揺して、余計解らなくなった。

どこかで激しい警笛が聞こえた。どこかなとぼんやりしていた、といきなり、躰が宙に

浮いて道端の植木が見えた。

咄嗟に邦子を抱えて道の端に転がった人の、躰の半分が邦子に被さっている。二人は抱き合うようにして起き、道端に座り込んだ。仰天して窪んだ目を一杯に見開き、邦子の顔を見ているのは見知らぬお爺さんだった。その二人の側を大きなトラックが一度、つんざくような警笛を鳴らして走り過ぎた。

ぼんやりと大きな四つ辻の真ん中に立って戸惑っている邦子の背後に、沢山の荷物を積んで疾走して来たトラックが、激しい警笛を鳴らしたが、お爺さんは邦子が動かないのを見て咄嗟に邦子を抱え、重たかったのでおそのまま自分も一緒に道端に転がった。邦子は何が起きたのか解らなくて、お爺さんの顔を見ていた。

お爺さんは無言で立ち上がり、ヨロヨロとしたが何とか足を踏ん張った。そして、邦子の手を引っ張って立たせたが、お爺さんの顔は怒りに変わっていた。邦子の様子を足下まで見てから、背を向け、おぼつかない足取りで歩き出した。未だ少しよろけながら。

邦子はこの時に初めて、トラックに轢かれそうになって、お爺さんが助けてくれたのだと気が付いた。

(大分怒っておられた、どうしよう)と思いながら「ありがとう」が言いたくて道端を歩いて行くお爺さんの後から付いいて歩いた。

前から近付いてきた小母さんがお爺さんに、

「お宅のお孫さんでしたか」と言った。

「いや」

「でも」小母さんはお爺さんの後にいる邦子を見た。お爺さんが振り向いて、

「何で付いてきたん」

お爺さんの言葉に戸惑ったが、

「ありがとうございました」と言うことが出来た。

「気い付けなあかんで。何であんな所でぼんやりしてた」

きつく言われ、

「すみません、ごめんなさい」邦子はもう一度頭を下げた。

「ぼんやりしてたらあかんで、早よ帰り」

お爺さんはかなり不機嫌に言って、まだ側に立っている小母さんを無視して歩き出した。

邦子はその場に立ち尽くしていたが、遠ざかり行くお爺さんの後姿が涙で霞(かす)んでいた。(お爺さんはどこの人だろう)と思いながら。

「早よ帰り」と言われても、どちらに向かって歩けば良いのか解らない。邦子はもう一度辺りを見た。

新しい家は、伊丹小学校からずいぶん遠くになっていたことを思い出した。今朝、どうして学校まで行ったのかと、かなりの間考えていたが道順を思い出せない。四つ辻の、西南の角に何かの洋館があって、正面玄関まで石の階段になっている。以前順子姉が、その五、六段有る階段の真ん中辺りに座り込んで教科書を取り出し、宿題をしていたことを思い出した。

（何故家で勉強しないのか）と思いながら見ていると、

「家に帰ったらな、お母さんが用事ばっかりさせるから、ここでやっとくねん」と言ってから、「ウチのお母さんな、じき、女の子は勉強せんでええ、女の子が勉強したら頭頂ばっかり高うなって婿さんの言うこと聞かんようになるから言いよんねん。自分は全然お父さんの言うこと聞かんくせに」と言った。後は黙って、一生懸命宿題をしていた。

この時のことを邦子は思い出して、順子姉ちゃんと一緒に帰れば良いのだと気付き、もう一度学校に引き返し、校門の側まで行ってから、門柱の外側で待つことにした。内側に入ると各教室や教員室からも丸見えだから。

カバンを降ろし、門柱に凭れてしゃがみ込み、足を投げ出した。その様子を路の向こうで文具屋さんが見ていた。邦子は小父さんを覚えていたが、小父さんは邦子のことを忘れていた。

昼から二時間目の授業が終わり、五年生と六年生が下校し始めた。邦子は、順子姉を見付けることが出来なかったら、家に帰ることが出来ないと思い、校門を出て行く生徒を一人一人、必死に見ていた。それで何時(いつ)の間にか門の内側に入っていた。

「邦ちゃん」と順子姉の声がして、邦子に駆け寄り、

「足痛いのに何で学校に来たん」と言う順子に邦子は、「あ〜」と大声でしがみ付き泣いた。先ほどの怖かったことや、不安だったことがごちゃ混ぜになって、一気に悲しさが吹き出した。順子の周りにいた生徒達が吃驚して、二人を取り巻いた。

順子の級友が、順子より先に、

「何があったん」「どうしたん」と不安そうに聞いた。皆、真剣な顔付きで、泣いている邦子のことを心配し、代わるがわるに質問をした。そして、

「下仲先生な、ものすごいこと、贔屓(ひいき)しやんで」

「金持ちの子ばっかり可愛がりやんで」

「あの先生な、ほんまの先生と違うねんで、男の先生全部兵隊さんに行ったやろ、しゃから、代理の先生や」

「先生の資格ないねん」

「男の先生が帰って来るまでの腰掛け先生やて、ウチのお父さんが言うとった」

「物、持って行かん子、酷い目に遭うて、皆、言うてやんで」
「ウチらの、前の、受持ちの先生もな。あんたな、酷い目に遭うたな」とそれぞれ思いっ切り、腹立たしさをぶちまけていた。そして皆で、邦子を取り巻いて校門を出てから、何人かは邦子達と同じ方向に歩き出した。やがて順子の友人達はそれぞれ別れて、姉妹だけになった。

順子は、「足が痛いのに、何で学校に来たん」と先ほどと同じことを聞いた。

そして順子は、お母さんが邦子を追い出したこと、校長先生と事務員さんが優しくしてくれたこと、下仲先生が邦子に給食をくれなくて、教室から追い出したこと、トラックに轢かれそうになって、お爺さんに助けて貰ったことも聞いた。

順子は、邦子のカバンを左手に提げているがかなり重たい。月絵さんに貰った教科書全部と、校長先生に貰った教科書が入っている。

邦子の手を引きながら順子は、邦子を家から放り出した母親に対する怒りがこみ上げ、自分が邦子を護らなければならないと決心していた。

翌朝、邦子が四組に入り、一番後ろの席に着くと、横の男の子と、前の席の男子二人が、
「お前、昨日給食貰われへんかったやろ、あれな、先生、自分の子に食べさせたかったんや、しゃから、お前追い出されたんや」

「休んだ子の分、みんな持って帰りよんねん」

「そやからな、誰か、何人か休んだら先生ご機嫌ええねん」

「いつも、あの小さな女の子、連れてきとるやろ」

「女の奴に聞かれるな、告げ口しよるから」

「お前、遠藤さんな、あの一番前に座っとる奴、近づくな。彼奴(あいつ)ごっつい、先生、贔屓しとるから」

「彼奴の家、すごい金持ちや。彼奴の通信簿、いつでも優と秀ばっかりやで」

「お前、通信簿、可ばっかりでも気にするな。貧乏人の子は皆、可ばっかりや」

男の子達は悟りきっていた。

一時間目が始まるベルが鳴り、下仲先生が、自分の小さな女の子を連れて教室に入り、教壇の横にある先生用の机の陰に座布団を敷いて、何かおもちゃと一緒に女の子を座らせた。女の子は慣れているのか机の陰で温和(おとな)しかった。先生が教壇に立ち、点呼が終わった後、皆を見渡しながら、

「先生は贔屓するのが大好きです。先生に贔屓されたかったら、家に帰ったら、お母さんに、お米でも何でも良いから先生に、持って行って欲しいと言いなさい。持って来た人は、先生いくらでも贔屓にして上げるから」と言った。

邦子は愕然として躰が凍り付いた。誰も何も言わないで、教室は静まりかえった。小さい女の子が母親の側に行って、長いスカートの裾を引っ張りながら、「ネー、ネー」と言っている声だけがやけに、教室内に響いた。

その翌日から遠藤さんは学校に来なくなった。暫くして、

「遠藤さん、転校しやってんて」と女の子達が話し合っていた。

工場が空襲で全焼してしまってから暫くして、何度も社長宅に集まって会議をしていた父達は、この戦争が続いている間は、工場再建は出来ないと結論し、社員はそれぞれに合わせて僅かずつでも、退職金を受け取り解散した。

そして耕吉は畑仕事だけしていた。

気儘(きまま)放題に生きてきたタミは、四六時中耕吉が家にいるのが気に食わない。そして、畑仕事は手が汚くなる、日に焼ける。

「百姓と一緒になった覚えはない」と当たり散らした。

朝早くから来てくれていた松本さんは、家の都合でと言って来てくれなくなった。

仕方なく朝の支度は耕吉が行い、子ども達を学校に送り出していた。タミは長年の習性で昼近くまで寝ていた。

もう、近くに芝居小屋はない。憂さ晴らしする場所がない、金がない、タミの不満が募っていた。夫が毎日畑仕事をしていることなどタミには関係ない。

（金が欲しい）ただそれだけしか考えていなかった。

どうすれば金を作ることが出来るかと、そんなことばかり考えている毎日で、一日中、鬱陶しい顔をしていたが、

（そや、ええことあるがな。ワテはやっぱし頭ええねん）

満面ニタリとし、一気に元気を取り戻したタミは、もう要らなくなった物が納屋の中にある、確かあったはずやと思いながら、座り込んでいた部屋を出た。

乳母車を探し出し、動くかどうか試してから畑に行くと、耕吉はかなり離れた所の土地を新たに開墾していた。そっと身を屈めて畑に入り、ナス、キュウリ、唐辛子を切り取り、篭に入れて、納戸の乳母車に移して隠した。

三年生の邦子は、順子よりいつも二時間は早く帰宅する。

邦子は自分の部屋に鞄を置くとすぐ、畑に行って父の手伝いをすることにしていた。父の側にいるのが一番、安心が出来たから。

今日もその積もりで帰ってきて、すぐに父の所に行こうとして、待ち構えていたタミに捕まった。

「邦子。ええ子やな。これ、みんな売ってきて。出来るだけ大きな家の裏口から入ってな、取れたてのお野菜です、安くしときます、買って下さい、と言うんやで。解ったな」と言ってから、ナス一個いくら、キュウリ一本いくら、と邦子に教え、耕吉に見付からない所まで自分で乳母車を押して、売りに行かせた。

邦子はどこに行って良いのか解らなかったが、南野村の近くに、三菱電気工業の社宅が、沢山並んでいるのが見えたので向かった。

広く開けた田圃(たんぼ)の中に、二百軒ばかりが立ち並んでいる一塊の団地で、二軒が一棟になっている平屋が並び、一つの町になっていた。真ん中は少し広い道で、八百屋、魚屋、炭屋、雑貨屋が並んでいる。そこで、外側の田や畑に近い家から廻ることにした。従業員の社宅なので皆、小さな家ばかりで表口しかない。入口の横の柱に、呼び鈴が付いていた。背伸びして押さえることが出来た。出てきた小母さんは、小さな女の子が、

「野菜買って下さい」と言ったので吃驚した。

「あんた、どうしたん」

「ウチで作っているお野菜です。お母さんが売ってくるように言うたから」

「ほんま、新しいわ、少し買うわ」と言ってくれた。

値段は母親に言われた通りに言うと、「高いで」と言って小母さんは、勝手に値段を付けて買ってくれた。それで次の家に行った時、先の小母さんが付けた値段を言って買って貰った。

一時間も掛からずに全部売れた。

邦子は家に帰ると売上金を黙って母に渡し、急いで父のいる畑に行き、夕方まで父の手伝いをした。父は、

「今日はちょっと遅かったな」と言ったが邦子は、

「うん」と言っただけで、母親に野菜を売りに行かされたことは話さなかった。

タミは、邦子がすぐ耕吉の所へ行ったので、言い付けているかと思ったが、少し暗くなってから、家に入ってきた耕吉が何も言わなかったので、

(彼奴、喋りよれへんかったや)と思い安心した。そして、翌日も、その翌日も、邦子が学校から帰るのを待ち構えていて、一休みもさせないで、売りに行かせた。

そして四日目、乳母車の中の野菜は、だんだん多くなって、売り切ってしまうのに時間が掛かった。

この日邦子は、田舎の石ころだらけのガタガタ道を行き、はるか向こうに見えている街まで行った。大きな家ばかりが並んでいる。大きな家は一軒一軒、間隔があるので、廻る

のに時間が掛かったが、残したら殴られると思い懸命に売り歩いた。

そのうち空が暗くなってきて、雨が降り出した。急ぎ、一軒の裏口に少し軒があるので入った。物音で、その家の小母さんが裏戸を開け、邦子を見た。邦子は咄嗟に、

「お野菜買って下さい」と言った。小母さんは暫く黙って邦子を見ていたが、

「クニちゃん、クニちゃんや」と驚きの声を上げた。

かつて園部家で働いていた吉見さんだった。

「園部さんとこのクニちゃんでしょう。何してなさるん。何で、これ誰がクニちゃんに売りに行け言いなはった」

「お母さんが」

「彼奴(あいつ)め」小母さんは怒りの声で呟いた。

「クニちゃんにこんなことさせて、私がお父さんに言い付けたる。今度売りに行け言われたら、小母ちゃんの所においでなはれや、小母ちゃんが全部買うから、他所(よそ)に売りに行ったらあきまへんで、お父さんに言い付けたる、可哀想に」

小母さんは濡れた邦子の髪をタオルで拭きながら、

「ホンマに、ホンマに」と怒り続けて泣いた。

雨が上がるまで小母さんの家にいて、お菓子を貰い、小母さんと話した。

少し暗くなってきたので、途中まで送って貰った。

「お家まで送って上げたいけど、小母ちゃん夕飯の支度してたから」と言って、吉見小母さんは引き返した。引き返しながら何度も、何度も振り返り、邦子を見た。

雨上がりで、草の匂いと土の匂いが入り交じっているガタガタ道を、トボトボ歩きながら邦子は、(忘れていた。お母さんはそんな酷い人なのか)と思い続けた。ただひたすらお母さんを喜ばせたい、お母さんが喜んでくれる顔が見たい、お母さんの役に立ちたい、お母さんが私のことも、大事な子だと思って欲しい、そんな思いで、言われるままに懸命に売り歩いていた。残った野菜は全部吉見さんが買ってくれた。吉見さんは、「お母さんの遊ぶ金になるけど」と言っていた。

空っぽになった乳母車を押しながら邦子は、虚しい寂しさに呆然としながら、歩いている自覚と感覚を失っていた。

翌日、売りに行かされるかと思って家に帰ったが、母はいなかったので、邦子はすごく嬉しくて、畑の中にいる父の姿を見ながら夢中で走った。

この年の夏休み、戦争は終わった。

あの燻っていた麦畑は、秋の作付けのために、新しい畝に替わっていた。

邦子は毎日、父の仕事を手伝って、それ以外は、庭の池に咲く睡蓮の写生に没頭していた。

順子姉の同級生の河本さんが時々来て、邦子も交じえて宿題をした後、三人で、庭の隅にある樟ノ木に登った。天辺まで登ると伊丹小学校が見え、南の方には、阪急神戸線の電車が走っているのが見えた。

西に六甲山が聳え、麓の登り口になっている道が箸のように細く白っぽい、それが僅かに見えた。

「ワーすごい、塚口の向こうの方まで見えるで、ほれ、学校の方見てみ、あの細い道」

「ア、あれ、砂かけ婆さんのお地蔵さんや」

「どこ、そんなん見えるんか」姉達は木の枝にしがみ付きながら、次々、歓声を上げていた。その後三人で、河本さんの家に行こうとして、順子が自分たちの部屋に行き、河本さんのカバンを持って出ようとした時、家の中にいたタミが言った。

「朝鮮人と遊ぶな、朝鮮人と遊んだら裸足で歩くこと覚えるから行くな」

河本さんによく聞こえるようにタミは、わざと大声で怒鳴った。

順子は家から走り出て、

「ウチのお母さん、ほんまにアホやで、あんなの放っといたらええねん」

順子も母親によく聞こえるように、大きな声で言ってから、

「邦ちゃん、早よ行こ、河本さんごめんね」

「別に、かまへんで、慣れてるし」河本さんが、笑いながら言った。

三人は急いで家から離れ、阪急電車の踏切を越えて、産業道路に出て、更にどんどん東に向かって歩いた。やがて猪名川（いながわ）の土手が見えた。土手の左右はかなり手前から、竹藪になっていた。

この竹藪は、近隣の小西酒造の当主が、猪名川の決壊を防ぐために、両岸に延々と竹藪を創られたのだと、順子は父から聞いていた。

その竹藪の中に一筋の獣道のような踏み跡が付いている。その中に入っていくと彼方（あちら）此方（こちら）に赤い実が見えた。河本さんが、

「野イチゴや、美味しいで、摘んでいこ」と言った。三人は夢中で赤い実を見付けては摘んだ。

「あんまり奥へ行ったらあかんで、迷子になんで」と河本さんが叫んだので、順子と邦子は慌てて河本さんの側に引き返し、元の細道に戻ってから、一粒ずつ食べた。

「スゴイ美味しい」と順子、邦子が摘んだ分も合わせてハンカチごと河本さんに渡した。

「美味しいやろ、ウチのお母さんに上げてもいい？」

「ええで、お母さん好きなん」

「うん、ウチな、この実出来る時が一番好きや、これ食べてる時のお母さん、ほんまに幸せそうな顔しゃんねん」

ハンカチ一杯の実を河本さんは大事に両手で持ったので、河本さんのカバンを順子が提げた。そして三人は河本さんの家に急いだ。


河本さんの家は、猪名川の土手にあった。トタン屋根のバラックで、近くに同じような建物が二軒あって、一軒ずつは、かなり離れていた。そして、一軒ずつの周りは、綺麗な畑になっていた。

河本さんの家に着くと、側の畑にいたお母さんが畝（うね）の中から立ち上がり、順子に、

「よく来てくれたね」と言った。河本さんが駆け寄り、野イチゴの包みを開けて見せた。

河本さんのお母さんは順子と邦子に、

「ありがとう」と言ってコクリと頭を下げられた。順子は吃驚して慌てて、

「いえ、いいえ」と言った。

それから三人で河本さんの家の中に入った。

「糸取りしよ」河本さんが箱を持ち出してきた。

中にいろんな色の毛糸が入っていて、一つずつ綺麗に巻かれている。何枚かのセーターか何かを編んだ残り糸らしかった。

糸取りをしてから、三人並んで仰向けに寝た。床がひんやりと背中を冷やして気持ちが良い。

「オンドルな、こうして寝たら涼しいやろ、冬はポカポカしてるんやで」

「エー、何で」

「冬はおくどさんの火が、床下に入るねん。夏は、入らんようにしたるねん」

「どういうこと、火、床下に入ったら火事になるやん」

「大丈夫や、床全部、土で造ったるから、ホラ、触ってみ」

「ほんまや、すごい、それでひんやりしてんねん。河本さんとこの家、すごいな」

順子が頻りに感心した。

河本さんの若い綺麗なお母さんが、未だ小さなサツマイモを蒸してお皿に盛って置いてくれた。

「サツマイモや、小母ちゃん」順子が思わず言った。

「未だ小さいけど、こんなのしかないけど、ごめんね」

順子も邦子も、自分の家でもサツマイモは植えている。採り入れは秋で、お盆前は未だ実り始めたばかりで小さい（何でこんなに早く、秋になればこの十倍か二十倍、大きくなるのに、勿体ない）と思いながら見ていた。順子も邦子も、このお芋は、河本さんとこの大切な食べ物だと解っていた。

順子達が来たので小母さんは、急ぎ、未だ小さいが実っている芋を見付けて二十個掘りだし、猪名川の水で洗って蒸してくれたのだ。

小母さんがお茶を陶器のコップに入れて置いてくれた。綺麗な色のこのお茶もすごく大切なのだと思った。

順子達の家でも、お茶はすごく高価になっているので、殆ど白湯で食事をすることが多くなっていた。どこの家でも、お金があっても買えない時代が続いていた。

「こんなんしかないけど、ごめんね」小母さんはもう一度言ってから、

「未だ、畑仕事残っているので、お構い出来ないけど、ごめんね」河本さんのお母さんは、絶えず優しい笑顔で気遣ってくれた。

「さ、食べよ、邦ちゃん、お腹空いたやろ」

河本さんが、一番大きそうなのを邦子に持たせた。

順子は、両手を合わせて暫く目を瞑（つぶ）っていたが、目を開けた時、涙が光っていた。出てくる時自分の母親が、河本さんに投げつけた酷い言葉を思い出していた。

それから数日後、順子が邦子に、

「河本さんな、六年生卒業したらお嫁に行くねんて」

「未だ子どもやんか」

「向こうの人が、早よ来て欲しい言うたんやて、芦屋のな、すごく大きい家やて、親戚やて」

「そんなら、あの小母ちゃん、可哀想や」

「小母ちゃんも、小父さんも、芦屋に移るんやて、大きなお商売してはるウチやて」

「そしたら、もうあの小母ちゃんに会えんようになるのん」

「そうや、悲しいな」

二人はこの夜、自分達の机で宿題を片付けながら、小声で話し合った。

「悲しい、そんなんいやや、あの小母ちゃんに、ずっと会いたかったのに」

加寿子は順子と喧嘩して、二階の部屋に移っていた。

二階は博幸が帰ってきた時に使う部屋と、幸子が東京から帰ってきた時に使う部屋、客用の部屋になっていたが、加寿子は一番大きな客用の部屋に陣取って、毎晩ボリューム一杯にレコードをかけて大声で歌っている。そろそろ、父が怒り出しそうな気配がしていた。

今日で夏休みが終わり、明日から二学期が始まる夜のことなので、学校の準備のために順子と邦子は、必要な本を鞄に詰めながら、尚も別れなければならない河本さんのことを話し合っていた。

玄関が急に賑やかになって、タミの弾んだ声が響いた。何事かと思い順子と邦子が、玄関に走り出ると、三和土(たたき)に立っている兄の姿があり、母親が今にも兄に飛び付いて、泣き出さんばかりの様子に見えた。

博幸の方は、(生きて帰ってきて悪かったな)と言いたいような厳しい表情で、無言のまま母親を見下ろしている姿が、順子と邦子には少し怖くて、異常に感じ、声を出せないでいると、父が茶の間から出てきた。

「お父さん、ただいま」その言葉に対し、父は無言で頷いた。

「兄ちゃんや」

順子がやっと小声で言った。その後ろで、邦子がじっと兄の顔を見上げていた。

階段の上から〝みめうるわーしき、きこうしの〟と、調子外れの甲高い声が聞こえた。

「誰や、あれ」軍服姿の兄が、そーっと階段を上がっていった。

父が含み笑いをして見ている。母親は、茶の間続きの板の間で、ウロウロしているだけで、何をどうして良いのか解らないらしい。父が、

「彼奴は、博幸にだけ、母親らしくなりよる」

呟くと、廊下伝いに裏の三和土に降り、下駄を履く音がした。

二階から、博幸が加寿子を叱り付けている声がして、

「かまへんやんか、私の勝手やろ」と加寿子の大声がした。

早速に兄妹喧嘩が始まった。兄が大切にしていた蓄音機を、加寿子が勝手に持ち出して使っていたので相当に怒られ、悄げかえって二階から降りてきた。

父は博幸のために風呂桶を洗い、新しい水を張り、コークスで風呂を沸かしていた。

この夜遅く、博幸は父に、朝鮮から引き揚げ、熊本城にいた時、終戦になったと話した。

「もう、どう足掻いてもあかん、負けると、二年ほど前から解っていたのに。それから特攻に行かされた者は、何のために死なされたんか解らん。気の毒やで」と俯きながら呻くように言った。兄は心の中にある怒りを静かに父に話していた。

その翌日から兄は、毎日どこかに出掛けて行った。

そして一ヶ月後、九州から兄の戦友が来た。風呂敷包み一つ持ってきて、一晩泊まり翌日、「仕事、探しに行ってくる」と言って出たまま、その夜も、翌日も、次の日もその次の日も、帰ってこなかった。

そして十二月、暮れに近い日、兄が夜遅く帰ってきて、茶の間で新聞を広げている父に、

「彼奴（あいつ）、梅田の地下街で寝とった。連れて帰ろうと思って説得したが、言うこと、聞いてくれなかった。九州大学一番で卒業した奴なのに。あんまり頭良すぎて、人生投げてしまいよった」

「今は、こんな時代じゃ。あんまり難しいことは考えない方がええ、これから、自分に何が出来るか、それだけ考えた方が良い、後ろを振り向くな」

その翌朝、兄は早くに出掛けた。友人が気になってジッとしていることが出来なくて、誰にも言わずに出掛けてしまった。そして夜中に帰ってきた。終電ギリギリまで梅田中探し歩いたが、戦友を見付けることが出来なかったとのこと。

それから何日も、何日も捜し歩いたが、兄の友人は我が家に着替えの風呂敷包み一つ残して消えてしまった。兄は長い間、その風呂敷包みを大切に、自分の机の横に置いていた。

年を越した翌年の四月初め、桜の花の咲く庭に幸子の姿があった。

「すごい、素敵なウチや、ここ、本当に私らの家なの」

桜が咲いている。椿の花もある。沢山の植木を見ながら、

「もっと早く帰ってくれれば良かった」

側にいる順子と邦子に、嬉しさを告げた。

桜の花を見上げながら、三人で舞うように、散りかけた花弁を捉えようと木の周りを回っている姿を、家の中からタミが見ていた。

(幸子綺麗になりよった。一人前の躰しとる)と呟き、どこかに出掛けて行った。

自分の意に従わなくて東京に行き、女学校を卒業して帰って来た。

タミの心の中に(子どものくせに許せない、産んで貰(もろ)た恩も忘れよって、母親をバカにしとるんか)そんな怒りが募っていた。

翌日十時過ぎ、畑で父と草取りをしていた博幸は、朝ご飯の時、母親が、異常に冷ややかな視線で、舐めるように幸子を見ていたことをふと思い出し、

「お父さん、幸、気になるから見てくるわ」と言って立ち上がり、急ぎ足で畝の中を歩いている時、濃いグリーン色の乗用車が家の門の前に止まった。外車でしかない。日本ではまだ、本格的に乗用車は生産されていない。相当な金持ちしか持たない車が自分たちの家の前に横付けになった。畑からは濃いグリーンの後部だけしか見えないので誰なのか人物は見えない。博幸の不安が高まり、畝の中を駆けて車が停まっている所まで一気に走った。

門の中から、「私が何でこんな小父さんと一緒に行かないかんの」幸子の声が聞こえた。

「一回ぐらい親の言うこと聞いたらどうや、一時間程だけ、付き合って上げるだけやない

か」とタミの声。

「付き合う？　お母さん、私に売春やれ言うのか」

幸子の怒りで張り裂けそうな思いが、悲痛な叫び声になった。玄関の中で争う二人の傍に、見知らぬ中年の男が立っている。

「兄ちゃん助けて」幸子が叫んだ。

その男とタミが振り返り博幸を見た。

博幸は咄嗟に玄関に揃えられていた父の下駄の片方を掴むと、母親のこめかみを殴りつけ、続いて男を振り返った。逃げ出す男と父が鉢合わせになった。

「すみません、あのー」

何か言い訳したそうな男の胸ぐらを博幸が捉えた。

「よせ」父が博幸を制した。男は、博幸の手を振り切って車に駆け込み、走り去った。

「タミ、お前の大事な博幸に、下駄で殴られた感じはどうじゃ」と耕吉。

タミは座敷に駆け上がりながら（もうちょっとやったのに、百円儲け損ねた）と悔しがったが「親不孝者め、見とれ、必ず金にしたるから」と、怒鳴り声を上げていた。

「幸、おいで」博幸が、幸子を促し、父と三人で畑に戻って作業の続きをしながら父に、

「お父さん、幸子家に置いとけん、東京へ連れて行くわ、僕も未だ勉強したいことあるし」

「そうしてくれ、幸子、折角帰って来たのに、行かせとうないけど」

「お父さん、加寿子や順子も気い付けたってな」

「解った」父は息子に注意されたことを恥ずかしく思った。そして博幸が先ほど、咄嗟に気付いてくれたことをありがたく思った。もし、博幸が気付かなかったら、取り返しの付かないことになっていたと、改めて背筋を凍らせた。

幸子が先ほどから、父と兄の間で草引きをしながら、

「酷い、酷い」と泣き続けていた。

「幸、叔父さんトコに行こ、今夜発つか」兄に言われ、頷いた幸子が、

「お父さんの傍にいたかったのに」と言ってワッと泣いた。父が、

「幸、すまん、すまんかった」

恐ろしかった。幸子は父の胸で、思いっ切り泣き続けた。


兄妹は自分の部屋に戻り、身の回りを片付け、荷造りを急いだ。

タミは、博幸に下駄で殴られた悔しさを晴らすために、どこかに行ってしまった。

妹達が綺麗に飾ってくれた自分の部屋を、たった二日間だけしか使えなかった悔しさに、幸子は、幾度も声を上げて泣いた。

春休みの最中、登校日だった妹達が昼前に帰って来て、泣きながら荷作りしている姉を見て、不信と不安と、寂しさがごちゃ混ぜになって、

「どうしたん、何で泣いてんの、綺麗な家や言うて喜んでたやんか」

「姉ちゃん、また東京に行ってしまうの、そんなん寂しいわ」

「私、姉ちゃんの部屋、一生懸命綺麗にしたんやで、何でまた行くのん」

妹達が幸子を取り巻いて、何とか行かせまいと懸命に口説いた。それを隣の部屋で聞いていた博幸が入って来て、

「皆、これから兄ちゃんの言うことよく聞けよ、そして忘れるな」と言われ、妹達は少し怖いと思いながら真剣に兄の顔を見た。

「お母さんがな、幸姉ちゃんを、男に売ろうとしていた」

「えー」

「それ何」

「酷い、お母さんそんな酷いことするのん」

「お父さんと兄ちゃんが助けた。それで幸姉ちゃんをこの家に置いとけないから、東京へ連れて行かなならん、解ったな」

「解った」

「兄ちゃん、男に売るって、それ、どういうこと」

「順子、女の子が男に売られたら、殺されるより酷いことされる、躰を玩具にされることや、玩具にされたら女の子は、恥ずかしくて悔しくてとても生きては行かれんことになる。躰を玩具にされたために、自殺してしまう子が時々おる。男に騙されて、男に付いて行って、玩具にされて、自殺してしまった女の子が俺の学校にもいた。ところが日本の、今の法律では、男に付いていった女の子が悪い、ということになる、世間一般の考え方も同じで、男に付いて行った女の子が悪いことになる。男が非難されるより、女の子の方が非難される。これが世間だ」

「酷い、そんなん、あかんで」と加寿子。

「それって、酷すぎるやんか」と順子。

「殺されるより酷い目に遭っても、誰も助けてくれない、自分一人で苦しんで、自殺するしかない、お前達をそんな酷い目に遭わせるわけにいかん、それで兄ちゃんの言うことをよく覚えておくのだ。いいな、もし今日みたいにお母さんが、男と一緒に行け言っても、絶対に男に付いて行くな。良いな、学校の行き帰り、男に誘われても絶対に付いて行くなよ、解ったな」

「解った」三人が同時に答えた。

「でも兄ちゃん、お母さん、幸姉が帰ってきた時、喜んどったで。そんな酷いこと、ホンマにしたん」

「ホンマにしたから幸姉が泣いてるやないか。加寿子、お前が一番危ない。お母さんが、どこかに行こ言うたら、必ずお父さんに相談しろ、良いな。それから知り合いの男でも、どこかで会った男でも、優しく声を掛けてきて、映画見に行こうとか、ご馳走食べに行こうとか言われても絶対に付いて行くな。初めは優しゅうに近付いてきて、女の子の気持ちを自分に引きつけておいてから、酷いことするのが男のやり方だ。優しい言葉で近付いて来る男に油断するな、気を許すな、解ったな。加寿子、解ったな、今日こんなことがあったと、必ずお父さんに話すのだ、解ったな」

兄は心配の余り、妹達に懸命に話した。

「解った、相談する」と渋りながら言った。そんな加寿子を見ながら、博幸は（大丈夫かな）と不安に思えた。順子と邦子の顔は引きつっていた。

タミは未だ帰ってこない。混乱している社会の中で、まるでタミのためのように、勝負事と売春業だけは勢いづいていたので、タミの時間潰しの場所は、どこにでもあった。

皆で夕飯を済ませ、博幸と幸子は、それぞれに、トランクと風呂敷包みを提げて家を出た。新伊丹の駅まで、皆で送った。

「大阪まで送って行きたいけど、これらを残して出られん。気い付けてな」

「お父さん、ごめんね」泣きはらした目で幸子が言った。

「すまん、幸、元気でいてくれよ、良いな」父の言葉に、幸子が無言で頷いた。

塚口行きの電車が来て、泣き顔をドアに押し付けて見詰める幸子が去った。

国防色の作業着と地下足袋を履いている父は、残った娘達と遠ざかり行く電車を見ていたが、電車が視線から消えても、ホームに立ち尽くしていた。

「お父さん」と順子が言ったが何の返事もない。不安になった邦子が父の左手を握った。右手を順子が握った。加寿子が父の前に立っていたので振り返り父の顔を見た。そこに、呆然として遠くの線路を見ている父の顔があった。


それから一ヶ月後、博幸から手紙が来た。

アメリカのコンピューターライセンスを取得するために勉強を始めたこと、幸子は叔母さんの勧めで洋裁学校に行き始めたこと等。

耕吉は、自分の弟夫婦に感謝の手紙を送った。そして幸子に、伊丹の街で買った服地を送った。

伊丹の商店街でも近頃、品数は少ないけれど、服地や菓子類を売る店がかなり繁盛していた。

耕吉は、娘達からタミを引き離す作戦として、出来るだけ遠くに行かせるために、阪神野田の駅前で空き家を見付け、駄菓子屋でも出来るように改造した。どこに行っていたのか夜更けに帰ってきたタミは、昼近くに起き出して、ボリボリたくあんを囓りながら茶漬けを食べていた。そこへ畑から戻った耕吉が、

「奥様はやっとお目覚めか」と言った。

タミは、素知らぬ顔で無視し、無言でかき込み続けた。耕吉は、暫くその様子を眺めていたが、

「お前のために店を造ってやった。これから連れて行くで支度せい」

「なんでやねん」

「お前、遊ぶ金が欲しかろうが。自分で商売して、儲けて好きなように遊んで暮らせ。少しは頭使うて、自分の才覚で儲けてみろ、それも面白い人生になるから」

「そうか、そな、そうするわ。毎日菜っ葉やしんこばっかりで、魚一切れ食べられへんより、商売する方がええかもしれんな」

タミは薄笑いを浮かべ、皮肉たっぷりな物言いで茶化してから、ふと、

「店造ったたってどこや」と本気で聞いた。

「支度せい、連れて行ってやるから」

「フーン、解った」

子ども達が学校から帰って来るまでに、片付けてしまう積もりでタミを急かせ、耕吉は作業服と地下足袋のまま、化粧してないと言うタミを連れ出した。

梅田に出て、阪神電車に乗り換え、野田で下車した耕吉は（近すぎたかな）と思いながら歩いた。

間口は狭いが、改造した店舗は見栄え良く、大通りに面していた。耕吉が鍵を開け、中に入ったタミが、

「それで、ここで何の商売始める積もりや」

「積もりや言うて、お前のために造ってやった店やないか、駄菓子屋でも始めろ。裏通りは長屋が多い、小さい子どもが沢山おるから、子ども相手の商売ならお前でも出来るな、ここに菓子の仕入れ先、書いといたで、探して行ってこい」

「ワテ一人で」

「子どもやない自分の店じゃ、自分でやれ。あまり一度に仕入れるな。少しずつ買えよ、解ったな。当座の生活出来る物は揃えてある」

「ワテの荷物、持って来なあかんやん」

「帰って今日中に届くように送ってやる」

耕吉は、鍵をタミに渡して、急ぎ電車の駅に向かった。

（ワテの店か、悪ないな。商売して儲けたらええねんな。彼奴、いつの間にこんな店造りよったんやろ）と思いながら店の間になる三和土から座敷に上がった。六畳と表の土間が続いている流しがあった。

「風呂ないで、彼奴、風呂ないやんか、どうするねん」

表は大通りで、路面電車が走っている。電車が通る度に、ゴーッと音がして、地面が僅かに揺れた。

「うるさい所やな。彼奴帰ってしまいよったんか。これからワテにここで、一人で暮らせてか。それより風呂ない、どないしよ」

表通りに出た。だだっ広い路の向こう側にどうして行ったら良いか解らない。目の前を沢山のトラックが疾走し、路面電車が地面を揺らして通り過ぎる度に少し怯えながら辺りを見た挙句、自分が立っている家のすぐ横に、裏通りに行く細い路地があることに気が付いた。細い路地は南へ、南へと続き、少し広い地道（未舗装の路）に出た。そこから市場の入口が見えた。そこまで行くと更に向こうに、風呂屋の暖簾が見える。

「なるほど、わりと便利そうや、ええ所や」と呟きながら一旦引き返した。

何十年振りかで、耕吉と二人だけで電車に乗り遠出して、いい気になっていたが、さて、どうすれば良いのか解らない。

押し入れを開けると、布団が一重ねと座布団一枚が入っていた。流しを見ると、新しい小さな釜と鍋があった。一人分、生活出来る物が揃っていた。

「これからここで、一人で生きて行けいうことか、まあええけど。彼奴の顔色見んでもええんやから」

渡された百円で何が出来るか全然解らない。

「そや、姉ちゃん呼んだろ」思い付くとタミは、「ご機嫌取るために、ネエの好きな物買(こ)うとこ」と、先ほど見付けた公設市場に出掛けた。

六時過ぎ、運送会社の小型トラックが来て、耕吉が荷作りしたタミの荷物を降ろした。それを座敷まで上げさせてから、

「おっちゃん、頼まれてえな、控えてくれる」と言って住所を控えさせ、

「ワテの姉の家やねん。ワテが早よ来てくれるように言うとったいうて積んで来てえな」

運転手は、

「奥さん、人間は運ぶこと出来ないので、言付けだけ伝えたげるわ。ホンマはこれもあか

んけどな」

「そんなら姉に、今日中に来るよう言うて、ここの住所姉に教えたってえな」

「解りました。ズガイケか、町外れやな」

余計な仕事を引き受けてしまった運転手は、早々に走り去った。

「おっちゃん、ちゃんと知らせてくれるかな」と呟きながらタミは、今来た自分の荷物を開けに掛かった。衣装箱とは別に、箱一杯に入っている、使い慣れた化粧品を見付け安心した。底にかなり大きい輸入品の三面鏡が入っている。これは大きくて、箱から出すのも大変な力仕事で、日通の大きな箱を横にして引き摺り出した。据え付けるのも一苦労で、

「何でこんなことせなあかんねん」と何度もぼやきながら、やっと据え終わり、化粧品を並べ、せっせと、化粧を始めた。

そして、自分の分身のような三面鏡に映る顔に満足しきって、うっとり、右側、左側と眺めながら、

「またええ男、つくったらええだけのことや、其奴に稼がしたらええねん」

鏡に映る妖艶な顔は、二十歳か、二十五歳か。その顔が、フフッと笑った。

夜遅くなっても待っていた姉は来なくて、翌日、昼過ぎまで寝入っていた。枕元の戸が、

ドンドン、ガタガタ鳴ったので目が覚めたタミは、暫く自分が何処にいるのか解らない。ぼんやりしている間も戸を叩く音が響き、やっと自分のいる所が、今までの家でないことに気付き起き上がった。

障子を開けると、すぐに少し広い土間になっている。向こうのガラス戸に姉の姿が見えたので、タミは気分良く戸口を開けた。

「この家雨戸ないんかいな、物騒やな」多恵は家の中を見回した。

雨戸のないことなど、タミは全然気付いていなかった。

「お前は幾つになっても遊ぶことしか頭にないんか、こんな所に来て、どうする気や」と呆れ顔。

「ワテが来たんと違うで、彼奴が昨日いきなりここへ連れて来よったんや」

「あいつ、あいつ言うてるから、こんなことになったんやろ」

「こんなことって、駄菓子屋でもして、自分で金儲けして、好きなように生きて行け言いよったんや」

「それで、駄菓子屋する元手は」

「百円くれよった」

「そしたら、この家と百円が手切れ金か、そのうち離婚届来るで」

「そうかな、そんな風には見えんかったけど」

「ほんまにお前、トロいな、それで今まで寝とったんか」

「何をどうしてええか解れへん、しゃから、姉ちゃん来てもろた」

「お前は子どもか、ええ年してからに。昼ご飯食べたんか、何がある、ワテもお腹空いてるし」

「昨日晩市場で買うてきた天ぷらあるし」

「ご飯は」

「ばってら、買うといた」

「いつ」

「昨日晩、遅うに」

「大丈夫かいな、この暑いのに。お茶沸かそ、あんた、早よ布団片付けえな」

「解った」タミは答えながら（どう言うて引き留めたろ）と考えていた。

さすが姉妹、すぐお互いの婿の悪口を散々言い合って、居心地良い時を過ごし、妹に言われるままに泊まり込んでしまった姉は、翌朝、

「耕吉さんが駄菓子屋やれ言うて、百円くれよった言うたな、仕入れに行く場所解ってんのんか」

「地図書いて、置いて行きよった」

「出してみ。あーこれ、松屋町（まっちゃ）の問屋街や、今から行くか」

「めんどくさいな、正直に言われた通り、せんでええねん」

「そうかて、何もせんと毎日暮らすんか」

「それでええやん、近くに芝居小屋ないか探しに行こか」

「そんなことしてたらすぐ、百円のうなるで」

「のうなったら耕吉に持ってこさせたらええねん、それだけのことや」

　さすがの姉も呆れ顔で、タミを眺めていたが、

「ワテ帰るわ」

「何でや」

「あんたと百円一緒に使こてたら、なくなるの倍早いで。ま、一人で気楽に暮らしいな、ウチの人に、泊まる言うてなかったし」

「ほな、飯の支度、誰がすんねんな」

「あんたな、自分の姉、おさんどんにする気で呼んだんか、よう言うな、アホか」

　多恵は呆れ果てて、逃げるように帰ってしまった。

それから毎日昼過ぎまで眠り、二時になると風呂屋に行って、市場で買い物をして、帰ると三面鏡の前に座り込んで、念入りに化粧して、夜の街を彷徨(ふらつ)き、芝居小屋を探したがなかった。そして十日後、中年の男が一人、ガラス戸に顔を押し付けて中を窺っていたが、外から帰ってきたタミと出くわした。

「あんた、何してんの」

「あー、ここの奥さんですか」

「そうや、人の家覗いて何してんの」

「良いお店ですね。これからですか、何屋にするお積もりですか」

「別に」と言いながらタミは鍵を取り出して開けた。男はタミに引っ付くようにして入った。

他に誰もいないことを確かめた男は、

「まだ、何も予定されていなかったら、私にケーキ屋をやらせて頂けませんか、森山と言います。私、ケーキ職人です。ここでケーキ作って売りましょう。表通りやから流行りますよ。儲けは半々にしましょう。いかがですか」

「ケーキって、そんなに儲かるんか」

「これからは、洋菓子の時代ですよ、饅頭とかは売れなくなるでしょう。この辺りには洋菓子店が未だないので、売れますよ。実は、洋菓子店が出来る店舗探してたんですよ。ここは丁度良い所です、間口も人が入り良い広さです」

「そしたら、どうしたらええのん」

「先ずは、ケーキ焼く窯が要ります。それからメリケン粉とか、砂糖とか、まーちょっと上がらせて頂いて、ゆっくり相談しましょうか」

森山と名乗った、少し色白で、ノッペリした顔立ちの男は、タミが上がれとも言わないのに、タミに続いて座敷に上がってしまった。そして、卓袱台の一角に陣取ると、手提げ袋から、紙と鉛筆を出して、

「奥さん、店の造りですが、今から絵を描きます。先ず、入口にかなり大きなガラスケースを置いて、ここにケーキを並べます。美味しそうなケーキを一杯並べます。次にケーキを焼くための窯と、大きな作業台を真ん中に置きます。あーこれ、土間のままや、作業台が真っすぐに置けるように、先に土間をコンクリートか、板敷きにする必要があるな」

男が説明しながら描いていく下手な絵に、想像力豊かなタミはいつのまにか引き込まれて、次第にタミの頭の中では、ガラスケースに、洋菓子の沢山並んでいる自分の店が、出来上がっていった。

何か説明する度に、生っ白い顔の男はタミにすり寄っていき、今にも肩を抱かんばかり

に近付いた。タミの鼻先にある男の体臭が快く香り、話を聞いているよりも、タミは男の匂いに強く惹かれ始めていた。

夜になって男は、

「奥さん、誰かこのうちに帰ってくる人、おるのですか」

「いいや、ワテ一人で住んでる、何でや」

「腹減ったな、奥さんお腹空いたでしょう、私寿司でも買ってきます」と言って男は出掛けた。タミは（案外早いことええ男に出会えた。耕吉おらんでも生きて行けるわ）と思いながら、湯を沸かして待っていた。

そして、男が買ってきた寿司と小瓶の日本酒とで、差し向かいで飲んだり食べたりして、良い気分に酔ってきた。男は、

「これからの時代は洋菓子店の方が儲かりますよ、ここは表通りやし、このままにしておくのは勿体ない、早くケーキ屋を始めましょう。早速明日から取り掛かりましょう」

話しながらタミに酒を勧め、ほろ酔い気分に酔って艶っぽくなったタミを見ていたが、話もそこそこに、二人は一つの布団に滑り込んだ。

翌日、残り物の寿司など朝食、昼食兼用に食べながら、男は最後の仕掛けにかかったが、かなり気楽に本題に入った。

「ケーキ屋を創るために資金が要る。あんた今手元にどれだけのお金ある」

「ワテ金持ってない」

「そしたらこの家どうしたん、買(こ)うたんやろ」

「ウチの人が買うてワテにくれたんや、好きなように金儲けして暮らせー言うて」

「その旦那さんは今どこに」

「伊丹や、新伊丹や、家で畑仕事してる。今はそうやけど元は大きな会社で、女工五千人使う職長やった」タミは少々大袈裟に吹かした。

「へー、偉いさんやったんや、それで今は」

「沢山の土地買うて、百姓しとる。ワテ百姓嫌いや、それでウチの人が、この店、ワテのために買うたんや」

「ほうー、なるほど、ちょっとした資産家や」と男は呟きながら、これは案外大きな金になると計算した。

タミは初めて耕吉のことを〝アイツ〟と言わないで〝ウチの人〟と言った。会ったばかりの男に、早々身を任せる幼稚な無軌道ぶりで、後ろめたさなど微塵(みじん)もない。耕吉を利用し、自分は貧相な暮らしをしてきた女でないという積もりの見栄で言った。

「新伊丹か、高級住宅街の奥様か、それは、それは、その新伊丹の住所教えてくれ」

男はニコニコしながら、ぞんざいな言葉に変わった。

「何で」と言ったが、タミは、男のぞんざいになった言葉遣いに嬉しさを感じた。二人はもう他人ではないと思った。しかし男の方は（この女は俺に征服されたんや、俺の言いなりになるしかない奴や）内心冷酷に見下げながら、

「いや、あんたがどんな立派なウチの奥様か知りたいだけや」と誤魔化した。

タミは、卓袱台の上に男が置いた紙と鉛筆で、住所を書いた。その間に森山は、邪魔になる食器類を流しに運んで、部屋を片付け、戸口の鍵を外しておいた。

暫くして、三十代と見える男が二人訪ねて来た。

「早くにお越し頂いて申し訳ありません。ご用立てお願いしたのは、こちらの奥さんです。どうぞお上がり下さい」と森山は、何度も丁寧にお辞儀しながら、訪ねて来た男二人を、ぼんやり見ているタミの傍に招き入れた。

「ほら、昨日話したな、ケーキを並べる大きなケースと、ケーキ焼く窯、それから、作業する大きな台が要るのと、足下が土間のままや、デコボコで土が舞い上がったらケーキ作れんやろ、板敷きにするかコンクリートにするかどっちかにしよう、解ったな」

「解った」

「そのために資金が要るな」

「そうやな」

「それでこの人達に来て貰った。安い利息で貸してくれる、そうですね」

「はい、そうですよ奥様、出来る限り安くしときます。売上金の中から、ボチボチ返して頂ければ良いのですよ、ご無理のないように」

「な、解ったな」

「解った」

「そしたら、書類作りましょうか」と森山。

「ここに書き入れて下さい。奥様どうぞ」

男の一人が、ガリバンで印刷した用紙を取り出し、タミの前に二枚並べた。

「なに書いたらええのん、あんた」

森山がタミの躰に引っ付くようにして、男達が差し出した万年筆をタミに持たせ、

「ここにあんたの名前と新伊丹の住所を書いて。間違いないように気い付けて」と子どもをリードするように言いながら、保証人のところに耕吉の名前まで書かせた。さらに朱肉を取りだし、森山が左腕でタミの躰を抱き寄せ、右手の親指をつまみ上げて、拇印を押させてしまった。

タミは二人の男の前で、森山に抱き寄せられた快感にのぼせ、何をやっているのか解ら

ず、半ば夢うつつになっていた。

二人の男は、タミの前から用紙を素早く取り、高級そうな黒革のカバンにしまい込み、

「お急ぎでしょうから、帰ったらすぐにお金の手配致します」

丁寧にお辞儀をして急ぎ戸口を出た。二人を送り出すために付いて来た森山に、男の一人が、

「兄貴、すごいな、一晩で落としたんか」と小声で囁いた。

「大したことない、餓えとったから」と森山。

彼は、座敷に戻りながら、ホッとした顔でタミを見た。タミは信じ切っているようで、

「あんた、やり手やな、早よ店出来るな」と嬉しそうに言った。

「これから砂糖や粉、仕入れに行って来るけど、金どれだけある」

「そない慌てんでも、ゆっくりしような」

「明日、金が入ったら、改装は明後日から始められる。仰山、ケーキ並んでる店想像してみ、お客さんが一杯来ること、想像してみ。ええか、そんなケーキ屋、早よ出来たらええやろ」

「儲かるな」

「そやろ、金、幾らある、出してみ」

言われてタミは、化粧道具の入った箱から、耕吉に貰った茶封筒を取り出し、

「少し使うたけど、八十円はある」

「あ、よしよし、それだけあれば十分仕入れは出来る」森山はタミから封筒を受け取り中を見てから、十円札一枚取り出した。

「当分の生活費、置いとかないかんからな」とタミに渡し、

「そな行ってくる、どこにも行くなよ、すぐ戻るからな」男は、タミが渡した茶封筒をぞんざいに服のポケットに突っ込んで、

「すぐ戻る、すぐ戻る」と言いながら土間に降り、表通りに出て、野田阪神の駅に向かって歩いて行った。その後ろ姿を見送りながらタミは、

「ええ男見付けた」と呟き（これでアイツがいつ離婚届送ってきよってもどういうことない、矢っ張りワテは大したもんや）と得意になって、悦に入っていた。

森山は、颯爽（さっそう）と昼下がりの大通りを歩きながら
（ふン、あの小母はんええ年して色気付きよって、二度と会うかバカ者めが）

タミの目を背中に感じながら内心毒づき（電車に乗ったら終わりじゃ）と駅に急いだ。


タミを野田に連れて行ってから、一ヶ月が過ぎた。

降り続いていた雨は上がり、青空が広がったこの日、気温は一気に上昇し、過酷な暑さの到来を予告した。

サツマイモの蔓は、勢い良く畝の谷間を覆うほどに伸びていた。もう二ヶ月もすれば四十日芋（しじゅうにちいも）の採り入れが出来る。

耕吉は畑仕事をしながらふと、（うまく生きているのかな）とタミを思い出した。

子ども達は学校に行っているので、早くても、皆三時過ぎなければ帰ってこない。六年生の順子は来年から女学校になる。夕方近く加寿子が帰ってきたら一度に賑やかになって、娘達と夕飯の支度をするのが楽しみになっていた。（今夜の野菜を採り入れておこう）そんなことを考えていると、家の垣根から続いている、タチバナモドキの生け垣の傍に、二台の黒い乗用車が止まった。

それは、耕吉のいる畑からよく見えたので何事かと様子を見ていると、五人の男が車から降りた。最後の一人が、車の中から女を引き摺り出した。タミだった。

（あいつ、また何やりおった）と思った途端、動揺した。尚、見ているとタミが、一旦門の中に消えたが出てきて、畑の中に立っている耕吉を指さした。

丹精込めて作り上げてきた作物を無残に踏み付けながら、男達が耕吉に迫って来た。

「園部さんですか」

「はい、そうですが、何か」

「奥さんに用立てたお金を、頂きに来ました」

一人が、手提げカバンから、紙のファイルを取り出し、

「どうぞこれをご覧下さい」と広げて見せた。

その途端耕吉の目に、五千万円也の字が飛び込んだ。

「洋菓子店を開く資金としてお貸ししましたが、今になって返す当てがないと仰るので」

別の年配の男が、

「こんな所で立ち話もいかがなもので、お宅でお話しさせて頂きましょう」と言うと、残りの三人が素早く、耕吉の背後に回った。

五人の男達に取り囲まれ、鍬を足下に置いたまま、耕吉は家に戻るしかなかった。

タミは二階の部屋に隠れたのか姿がない。

取り囲んでいる中の一人が、借金のカタに土地、建物の権利書を出せと短刀をチラつかせた。

「自分の作った借金ではない、出るところへ出よう」と突っぱね通していた。

そんなところへ順子と邦子が帰って来た。二人の男は玄関に入って来た順子達に、「お帰り」とニコやかに声を掛け、一人ずつの腕を掴んで父のいる部屋へ連れて行った。こう

なることを予想していた耕吉だったが、男達に取り囲まれて、身動きが取れない。

「子ども達を放せ、子ども達は関係ないだろう」

「そんなわけにいくか、権利書出さんかったら、しょうない、兄貴この子ら貰ろていこか」

兄貴と言われた男が、

「もう一人娘がいるらしいで、それ帰って来たら三人とも、貰ろていこ」

「権利書出さんかったら、そうするしかないな、お父ちゃん、よう考えや」

順子はお父さんが殺される、どうしようと震えながら考えた。

邦子は三歳の時の恐怖が蘇り、気を失ってしまった様子に、父は「邦子」と叫んで駆け寄り、抱き上げて背中を擦り続けた。五人の男達は少し怯んだだが、

「お父ちゃん、観念しいな、奥さんが借りた金はあんたが借りたんと一緒や、保証人はあんたになっとる、子どもさん死んでしまうで、早よせんと」

大騒ぎしているところへ加寿子まで帰って来てしまった。

「おー、なかなか綺麗なええ子や、この子やったら高こう、売れるで」

「そな、三人とも貰ろていくわ、ええな、お父ちゃんよ」男達は、本当に三人の娘達を連れて行く素振りをした。

「待て、子ども達を渡すわけにはいかん、待ってくれ」と言って奥座敷に行くと、男二人

が食らい付くように続いた。

耕吉が、鍵の掛かった机の引き出しから書類を取り出すと、引ったくって見ていたが、「野田の店の権利書も出さんかい、のけ」と言って耕吉を押しのけ、引き出しから土地と店の権利書も纏めて残らず取り出し、

「これで全部か」と言った。耕吉は力なく頷いた。そして慌てて娘達の傍に走り、二階に上がりなさいと強く言った。加寿子が邦子を抱き上げ、三人が二階に上がると耕吉は、

「それで気が済んだか、早く帰ってくれ」と怒鳴った。

「そんなら頂いて帰るわ、家、早よ空けてな、一ヶ月待ったるで」

一番年かさの男が言うと、皆ゾロゾロ付いて出て行き、暫くして車のエンジンの音が聞こえ、二台の車は走り去った。

加寿子と順子が階段から駆け下りてくると父に縋り付き、ワッと大声で泣いた。

「怖かったか、すまんかった」父は二人を抱きしめた。そして、

「邦子どうした」と階段を駆け上がった。

すぐの部屋を開けるとそこにタミがいて、あーっと叫び、腰が抜けたように尻を着いたまま後ずさりした。

父は一番奥の部屋を開け、座布団二枚を敷いて寝かされている邦子を背負って降り、急

ぎ玄関に降りると、「お前達も来るのだ」と叫んだ。

加寿子と順子が先ほど脱いで揃えて置いた靴を慌てふためいて足に引っ掛け、父の後を追って走り、五時で閉まる近所の御厨医院に駆け込んだ。医師の応急手当で、目を覚ました邦子は、暫く虚ろな表情で辺りを見ていた。邦子の目には、三歳の時の母親の姿が鮮明に浮かんでいた。


翌朝、子ども達を学校に送り出してから父は、伊丹警察署に行き、事情を話した。担当官は耕吉の話すことを書き取っていたが、

「手配しようにも奴らの住所が解らんことには」と当惑していた。

耕吉は、娘達の教育費と嫁入り用に、企業に勤めていた間に貯蓄しておいた預金を取り崩し、捨てられていた古い家を買って改築した。その間に何度も、警察に足を運んだが、詐欺グループの住所は判明しなくて、資産の名義人が一つ一つばらばらになって、次々に変わってしまった。

このようにして、耕吉が若いときから贅沢の一つもせず、懸命に築き上げた財産は全て消え去った。

住む家だけは確保し、子ども達のために、へこたれることは出来ないと気を取り直しな

がら、鶴橋の闇市で買い集めた品物を、辺鄙な田舎の村々を廻って売り歩いた。そして、田舎の人が一番欲しがる物は何かと聞いて歩き、次に行く時は、注文の品を届けた。百姓家で一番欲しがっている物は大体長靴で、これは沢山の注文が入るようになり、五足、十足、時には十五足担いで行った。長靴はかなり重たくて、運ぶ度に背骨に大きな負担が掛かった。

耕吉の気力は次第に失せて、子ども達に向ける笑顔が、気付かないうちになくなっていた。髪は一度に白くなり、張りのあった手足の皮膚が、何時の間にか弛んでいた。そんな父の姿に、これ以上自分たちが縋り付いていてはいけないと気付いた加寿子は、無断で女学校を中退し、企業に勤めた。順子は女学校に進学せず、小学校で卒業し、パン屋の店員になった。

邦子が小学校五年生の時に、新制中学が制定され、義務教育になっていたので中学校に進学した。こうして三年が過ぎ、少しは温和しくなっていたタミの放埓な性格が蠢き始めた。

タミは自分の極道な性格のために、夫を失意のドン底に追い込んだ自覚も、後ろめたさもなく（ワテの物は未だ残ってる、彼奴らがいる）と密かに狙っていた。そして、加寿子と順子が揃ったところで、

「明日大阪に行こか、面白い映画やってるから、加寿子は明日会社休みやろ」

「それで、私をどこに連れて行く気や」

「そやから、面白い映画梅田でやってるから、三人で見に行こか言うてるやないか」

「お母さん、あんたまた、何企んでるの、三人で梅田まで行くお金ないで。三人で映画見るお金なんかどこに有るの」

「そんなもん、梅田まで行ったら稼げる」と思わず言ってしまってからタミは、内心、しまったと思ったが、

「金なんかすぐ稼げる、稼ぎ方教えたるから」開き直った。

「お母さんて、ホンマ恐ろしい人やな、私らに何さして稼がせる積もりや、幸姉にやったみたいにか」

「親が困ったら身売ってでも親を助けるべきや、それが女の子の務めやないか、解ったか」

破れかぶれに怒鳴った。

加寿子と順子は、以前兄が必死で言って聞かせたことはこの時忘れていたが、

「お母さん、ウチの家がこんなに貧乏になってしもたんは、あんたのせいやないか、お父さんが何にも言わんの、ええことにして、ようそんな勝手なこと言うな」

十九歳になっている加寿子が反論した。

「産んでやった親に対して何という口のききようや、誰がお前ら育てたんや」

「お父さんや」順子が咄嗟に怒鳴った。

「お母さん、産んだった、産んだったと恩に着せたらあかんで、犬や猫でも子どもぐらい産んでる、犬や猫のお母さんの方がアンタよりよっぽど立派や。子ども命がけで育ててる。お父さんをここまで苦しめて、ウチの家こんだけ貧乏にしてしもうたん、あんたやろ。未だその上に、自分の遊ぶ金欲しさに、私らに売春せえてか、地獄に落ちるで間違いなく」

「加寿子、アホかお前は、死んだらお終いじゃ、何にもないわ。そやから生きているうちに、したいだけのこと、やったらええねん。子どもの癖に偉そうな口きくな。お前ら、天国か極楽か知らんが、行きたいんやろ、それやったら温和しく、慈悲深く生きたらええねん、望み通り天国に行けるがな」

「それがアンタのために、売春して稼げいうことか」

「産んでもろた母親に対するご恩返しや。慈悲深くしたらええ。一生懸命親孝行したら天国に行けるがな」

「アンタな、自分の言うてること、恥ずかしくないんか」

「カズ姉、止めとこ」

「順子、この人はな、言うたらな解らへんのや」

「言うて解る人なら、もうとっくに解ってる」

暗くなりかけた戸口に、何時の間にか父が帰り、この騒ぎを聞いていたが、

「加寿子、もう良い、邦子呼んで来なさい」と言いながら入ってきた。狭い家なので、父の声はすぐに聞こえ、邦子は駆け出てくると靴を引っ掛け、父の後ろに隠れた。タミはギョッとして、素早く奥に逃げた。

「さ、皆おいで」外から帰ってきた父が、そのまま娘達を連れ出した。

「お父さん、今日少し多くお金入ったから、ご馳走食べに行こ」

三人は黙って父の後に付いて歩いた。それぞれの心に、お父さんは今日もシンドかったのに、と思いながら付いて行った。

稲野神社まで歩き、参道の入口で父が手を合わせた。娘達もそれにならって手を合わせたが、加寿子は腹立たしさで、何を祈って良いか解らない。

色んな店が並んでいる通りを歩いて行くと〝ぜんざい〟と書いた幟（のぼり）が立っている店があり、入っていくと小母ちゃんが
「何がよろしい」と愛想良く側に来た。

順子が壁に貼ってある色紙を見ながら、

「うどん、そば、玉子丼、親子丼。お父さん、親子丼て何」

小母ちゃんが、

「カシワと、玉子のどんぶりです」

「それで親子丼か」と首を傾げた。父が笑いながら、

「順子は親子丼にするのか」と言った。

「私も」と邦子、

「加寿子は何にする」

「私も同じにする」

「そしたら皆、親子丼です」と父が言った。小母ちゃんが、

「へえ、親子丼、四つー」と言ってから店の奥に入った。

他に客はいなかった。時間的に早かったのか、いつも閑(ひま)な店なのか解らない。

父が、横に座っている加寿子の顔色を見ながら、

「加寿子。未だ怒っているのか、あの人に何を言っても効果はない、止めときなさい。自分の心が傷付くだけだから、解ったな」

「それでもお父さん、私と順子に、売春させようとしたんやで。恐ろしい人や。家にいるの怖い」

「お父さんが悪かった。加寿子達に心配掛けてしまった」

「お父さん何も悪くないのに」不服そうに言った。

「お父さん、私の働いているパン屋さん、住み込みでも働けるで。カズ姉、私と一緒にパン屋さんに住み込みで働いたら」

「それはええけど」

「私、一人になるん、怖い」と邦子が、泣き出しそうに言った。

父は娘達の話を聞きながら、自分がどれだけ大きな失敗をしたかを振り返り、悔しさに俯いてしまった。

加寿子は、父の苦悩を少しでも軽くしたい一心で、

「お父さん、私らちゃんと生きて行くから大丈夫やで」

「ありがとう、加寿子」娘の懸命な気遣いが、父の心に沁みた。

「邦ちゃんのことが心配や、邦ちゃん中学だけは卒業しとかんと」

「私、中学卒業したら修道院へ行きたい、お父さん」

邦子が思いがけないことを言った。父は吃驚して邦子を見た。

「学校の帰りに教会に寄ったら、すごく優しい神父さんがいた。背すごく高かったで」

「それで」と父。親子は小声で話し合った。

小母ちゃんが、大きなお盆に丼四つ載せてきて、

「お待たせ」と言いながら置いていった。

四人は久しぶりに見る、玉子の色と香りを懐かしみつつ、哀愁に捕らわれた。

それから二ヶ月後、加寿子は順子の勤めるパン屋に就職替えし、姉妹二人で住み込み店員となった。

暫くして、一軒のパン屋の店を二人に任されたので、二人で知恵を出し合い、売り上げを伸ばすために工夫していたが、市場に豊富に出まわってきた野菜を利用して、サンドイッチを作ることにした。これがかなりよく売れて、パン屋の店主は他の店でも作ることにした。

二人の店は繁盛して、店主は、本店からの通いではなく、店の二階を改造し、姉妹二人が住めるようにしてくれたので、閉店から二人は、それぞれ、通信教育に取り組む時間が出来た。

邦子は、中学が引けると姉達の店に来ていた。父が行商からの帰り邦子を迎えに来て、売れ残ったパンを幾つか買って帰った。それが日課となった。

その間、タミはどう生きていたのか。耕吉が買っておいた食料を食べ、

「ふん、あのド甲斐性無しめ、ウチのお父さんのお陰で偉いさんやっとっただけやないか、見てみい、一人やったらこの程度や、ウサギの餌みたいな物ばっかししかよう買わんのか」と一人毒づきながら食べては、最近流行り出したパチンコ屋に通い出し、次第にギャンブルにのめり込んでいった。

近所で最近、寡婦になったお婆さんが、二人の娘と、三人で暮らしていた。父が残した財産は母のモノと心得ていて、娘達は会社勤めをし、二人の給料で三人、慎ましく暮らしていた。足が悪くて外出出来ないお婆さんは、昼間一人で留守番をしていた。

この、赤松家に目を付けたタミは、何かに付けては訪ね、上がり込み、持ち前の社交上手を発揮し、昼間一人でいる寂しさを、心優しくいたわるふりをしながら、お婆さんの気持ちを巧みに、自分に頼らせることに成功した。そして頃合いを計り、

「すぐ返すから、一万円貸して欲しい」と切り出し、まんまと成功した。

当時、サラリーマンの平均月収は、一万三千円と謳われていたが、決して豊かな生活が送れていたわけではなかった。でも、過去の頭で生きているタミには、かなり大き金額で、(これだけあれば、すぐに一万円や二万円は稼げる)と決め込み、勢いづき、家にも寄らずパチンコ屋に直行した。そして、その一万円は、夜の十一時までにすっかり消えた。

気が付くと金が無くなっていた。一万円もの金がそんなに早く無くなるはずがない、と

タミは、着物のどこかに這入り込んでいるのではないかと、店内で帯を解き、自分の全身を調べ、足下を見回した。

　パチンコで、五千円儲けた、一万円儲けたとは良く聞く話で、タミも、今日か明日にでも二万は儲けられる、そんな意気込みで、時間が経ったのも、何度パチンコ玉を買ったかも、まるっきり覚えていない。一万円も使ったはずがないと、必死でそこら辺りを探し回り、「横に座っとったあの爺に取られたんか」などと思って血迷った。

　店員が、そんなタミの様子に気付き、「奥さん閉店ですよ」と通路の向こうで叫んでいる。尚も台の下を這うように探しているタミに近づいた店員が、

「何かなくされたのですか」と聞いた。

「金がないねん」と言って床を這うように探しまわり、店員の見ている前で、パチンコ玉を拾っては袂（たもと）に入れた。それを若い男性の店員はしばらく黙って見ていたが、

「奥さん、店長に見付かったらエライことになる。早よそれ持って帰りなさい、早く」と急がせてタミを立たせ、表に押し出し、激しい音を立てて、シャッターを下ろした。

　さすがのタミも、稼げないうちに、一万円消えたことにショックを感じた。何度も、何でや、何でやと呟きながら家に向かって歩いているうちに、（あの婆さん金持ちや、また借りたらええねん）と思い直し、

「それにしても腹減ったたな、そんなに時間経ったんかいな、ヘンやな」と言いながら、余り街灯のない夜中の路を一人、ふらつきながら歩いた。

翌朝九時、タミにとっては随分早起きで、耕吉が炊いておいたご飯と漬け物をかき込み、一番乗りで、昨日のパチンコ屋に入り、昨日とは違って、入口近くの台に陣取り、昨夜拾った五個の玉を取り出し、一個ずつ、丹念に、時間を掛けて打った。そして昼過ぎ、元手なしで十円稼いだ。眠たくてたまらない。うとうとしながらも、この台を離れたら誰かに席を取られると思い、立ち去ることが出来ずに三時を過ぎ、疲れ果てて、心残り一杯だったが引き上げ「あの台で、夜中までやったら、一万円取り戻せたのに」と思いながら近くの食堂に入り、素うどんを注文した。

パチンコ屋から出てきたのか、同じような顔付きの爺さん達がうどんやソバをすすりながら、今日は幾ら儲かった。あの台がよう出る。この台がよう出るなどと自慢げに、声高に話していた。

この後のタミは、パチンコだけでなく競馬、競艇とあらゆるギャンブルにのめり込み、赤松家のお婆さんから合わせて二万円、まんまと借りてしまった。タミ自身の神経では、せしめてやったと思い込んでいた。そればかりではなく、近所の人達からも借り出した。

それらの人達への返済とか約束事など頭の中になかったが、貸した方は当然、約束の日が過ぎれば日増しに催促は厳しくなる。そんな日が来るとはまるで思っていなかったのに、矢の催促が起きた。

赤松家のお婆さんは、タミ自身に何度か催促すると、タミは来なくなった。それで仕方なく娘達に話すと、「詐欺や、お母さんそれ詐欺やないか」と怒り出し、二人がかりで押しかけ、

「今月中に返さなかったら警察に訴えますよ」とタミに迫った。

怒鳴り込まれたタミは、

「解った、纏めて返したる」と咄嗟の見栄を切ったが、そんな金が一ヶ月で作れるはずがない。そこでタミは考えた。(そや、ヤツがいる、彼奴(あいつ)売ったら借金全部返せる)と思い立つと、(ワテはやっぱし頭ええねん。賢いんや)とほくそ笑んだ。

この頃、邦子は誓願見習いとして東京の修道院にいた。

大勢の戦災孤児を救済するために始められた孤児院が今、全国から、捨てられていた幼児を保護養育するための施設となっていて、全国の警察が保護した0歳~小学生以下の幼児が約五百名、既に保護されているのに、連れて来られる乳児、幼児は続いていた。

邦子は、他の二人の見習いと共に三人で、一歳～一歳半までの幼児十人の育児部屋を担当し、日々子ども達の世話に追われていたが、（人間という者が存在する限り、捨てられる子どもはこれからも続くだろう）と思っていた。

ある日の夕方、年配のシスターが邦子達の部屋の前で、

「赤ちゃんの熱が下がらない。危険な状態になっています」と話していた。

「熱が高いうちは大丈夫だけれど、どんどん下がりだしたら助からないから」

「先生が、出来る限りのことはした、と仰ったけれど」

そこまで言って、シスター方は廊下を移動し、どこかに行った。

その翌朝、子ども達の部屋にいる時、仲間の一人が部屋に入って来て、

「昨日、シスター方が心配していた赤ちゃん、明け方になって急に熱が下がって」と言って泣き出した。邦子と他の人が、顔を見合わせた。そして、三人で手を合わせた。

大変珍しいことに、廊下が騒がしくなって、彼方此方で、声を堪えて嗚咽（おえつ）する様子が感じられた。廊下を赤ちゃんの遺体が聖堂に向かって通ったらしい。

この後、年配のシスターが邦子達の部屋に来て、

「夜のお祈りの時間は、亡くなった赤ちゃんのためです。明日、朝の御ミサは赤ちゃんのための特別ミサです。泣かないでね、赤ちゃんは召されたから、天国に帰ったから、お祝

いの御ミサになりますよ」

「お祝いの御ミサってどういうことですか」と一人が聞いた。

「二歳までは罪がないので聖人として祭られるのです。真っすぐに、天の父の元に返ることが出来るからです。だからお祝いの白ミサになるのです」と言って聖堂に急がれた。

昼食で食堂に集まった時、ガラス戸で仕切った隣の部屋から、年配のシスター方の話し声が聞こえた。

「担当のシスターがずっと泣き通しで、いくら食事をとるように言っても聞いてくれないのです」

「そしたらあの方、朝ご飯も食べてないのですか」

「いくら言うて聞かせても、泣き通しです」

「そんなことしてたら、あの方が病気になってしまう。赤ちゃんのためにお祈りしましょう、と皆でさそいましょう。皆で一緒にお祈りしましょう」

どうやら年配のシスター方は、昼食を後回しにして、皆、食堂から出て行かれた様子で静かになった。

話が聞こえていたので、邦子達がいる誓願見習いの食堂も、二十名全員食卓に着いているが、食前のお祈りが始まらない。皆、泣き出しそうになるのを懸命に堪えていた。

この施設には、捨てられていた子ども達が大勢いる。

どのような事情があったか知らないが、我が子を捨てる人が大勢いることは確かなのだ。でも、結婚したこともない、子どもを産んだこともない人達ばかりが集まっている施設の職員が、子ども達を日夜、過酷な重労働に耐えながら、懸命に育てている。

そして赤ちゃんの世話係だった若いシスターが、何日も、昼夜必死で看護を続け、助けることが出来なかった悔しさで、泣き続けておられる。邦子はこのことを、どう考えれば良いのかと自問を繰り返し、思いに沈んだ。

この後も邦子は、子ども達の世話に日々追われていたが、修道院の中に、かなり広い畑があることを知って、将来は修道院の奥深くで一生、畑仕事をして終わりたいと密かに希望していた。

幼い時から父と一緒に、畑仕事をして育った。振り返るとあの時が自分にとって一番豊かな、一番心安らかな時を過ごしていたような気がする。その思いが強く残っていたので、何年か先で誓願が成り立ったら、もう一度、あの安らかな幸せな時間の中に戻って、生きて行きたいと思い始めていた。

修道院の生活も初めのうちは戸惑ってばかりだったが、ようやく修道院が〝自分の家〟という感覚で過ごせるようになり、子ども達の世話も、気疲ればかりではなく、楽しさも喜びも感じることが出来るようになっていた。

　そして、幼い子ども達と共に懸命に生きている中で、今まで知り得なかった癒やしの真心を何時の間にか、片言しか話せない幼児から与えられていることに気付かされ、この幼い子らに、教えられている。悟らされている。自分の方がこの幼子（おさなご）に教えられているのだと思える日々で、神秘を垣間見る機会が与えられていることを痛感していた。


　まだ武蔵野原野が幾分か残っている辺りで、こんもりとした雑木林の中にある修道院の育児施設は、この時も、涼しい風が吹き抜けていた。

　東京の街中は大変な暑さが続いているらしかったが、そんな中を叔父夫婦が訪ねて来た。

「お父さんから、邦子が東京の修道院にいるので、元気にしているかどうか様子を見てきて欲しいと、手紙が来たので訪ねて来たよ」

「元気そうで良かった。外に出る機会があったら、叔父さんの家においで、不自由な事はないか、欲しい物はないか、ここにいて、お前は幸せか」と尋ねてくれた。

　邦子は突然、叔父さんと叔母さんが訪ねてきたので吃驚したが、

「叔父さん、やっとここに来ることが出来ました。毎日お祈りして、大勢の人達と暮らして、皆さんと同じお食事を、三度、キチンと頂くことが出来ています。とても幸せです」

と答えた。

恰幅（かっぷく）の良い叔父さんは、何年かに一度、伊丹の家を訪ねてくれていたのでよく知っていたが、叔母さんは初対面だった。大変控えめな人柄のようで、絶えずほほえみを浮かべ、叔父さんの横で、黙って頷いておられる。

「お前も叔父さんが引き取って、女学校に入れてやりたかったが」そこまで言って叔父さんは何故か口をつぐんでしまった。

「そうか、それは良かった、でも何かあったら叔父さんの家に来なさい」

邦子は名刺を貰いながら、そんな必要はないように思っていた。

中学を卒業し、順子姉と同じ店で暫く働き、姉達と同じ高校の通信教育を勉強した後、教会の神父の許しと、父の許しを得て、父が修道院長宛に書いた、邦子を託す手紙を持って上京した。

邦子は修道院に着いた時、これでお母さんに売られる危険から逃れることが出来たと思った。

送り出してくれた時父が、辛かったらいつでも帰っておいでと言って、用意していた帰りの汽車賃を渡してくれた。その封筒の中に、二千円が入っていた。父が荷を担いで、村々を行商して歩き、稼いだお金だった。

邦子は胸が詰まる思いで封筒を貫いながら、父の手を見ていた。日に焼けてゴツゴツして、骨の間に血管が浮き上がっている父の手を、じっと見ていた。

ここに来てから、幼子の世話に明け暮れ、仕事に忙殺されて家のことはすっかり忘れていたが、心の平安を得たことで、父のことも忘れていた。

（お父さんが心配してくれていた。お父さんの傍にいるべきだったのかな）少し申し訳ない思いで、バス停に向かって遠ざかり行く叔父さん、叔母さんの背中を見詰めていた。

タミは競馬場で、目を付けた若い男に近付き、

「どう、儲かりましたか」と言った。

「いや別に、儲からんでもええんです、楽しんでいるだけやから」と男は格好良く答えた。

タミは咄嗟に（コイツ、見栄張っとる、ええカモや）。

「ワテ少し儲けたんや、お茶どう」などと言って話を繋げ、強引に近くの喫茶店に誘った。

持ち前の長けた口先で、実に巧みに若者の気を引きながら、未だ独身で、適当な相手を探しているところまで聞き出した。

「そんならワテの娘どうや、綺麗な子やで」計画通りに話を持っていった。

「不自由しているわけではないけど、出来たら、新な子がええな」

「そんなら丁度ええ、ワテの娘は修道院におる。そやから処女に間違いない」

「ほう、それは、それどうして修道院から連れ出すの」

「そんなことわけない、アイツは親のこと、神さんと同じぐらい大事に思とるから、必ず親の言うこと聞きよる。修道院から連れ出すから、すぐアンタの女にしたらええねん」

「それってホンマ、小母ちゃんの娘か、後で訴えられるようなことにならないか」

「そんなら暫くの間、結婚という形にして、その後は煮て食おうが焼いて食おうがアンタの好きにしたら」

「俺一度、処女を経験したいから、ええ話やけど、ちょっと気い咎めるな、大丈夫かな」

「そしたら、結婚したら」

「そうしようか、別に、籍、慌てて入れる必要ないし、一ヶ月でも、二ヶ月でも、ゆっくり楽しんでから、どうするか考えるわ」

「それでええ、そうしよう」

一気に、意気投合した二人は競馬場から連れ立ち、バスで阪急園田駅に向かった。

この時耕吉は、行商の無理がたたって入院していた。

家の中はタミ一人で、連れて来た若い男を上げ、身の上話を親身になって聞くふりをしながら、彼の住まいと職業を聞き出した。聞きながらタミの頭の中は、幾らの金になるか、そんな大きな会社に勤めて、独身寮にいるなら、たっぷり貯金しとるやろから搾り取れる、結婚話にした方が大きな金になる（結納金として五万円は取れる）と計算した。

若い男が帰った後タミは、「うまくいった」踊り出したいほどに浮き立ち、（どう始めたろ）と作戦を考えた。そしてすぐさま、上京するまで邦子が行っていた教会に向かった。道々、言うことを練習して歩いた。行き交う人達が、ぶつぶつ独り言を言いながら歩いているタミを見ていたが、本人は意にも介さず、次々に浮かぶ自分の作戦に満足し、自分一人の世界に浸りきって歩き、教会に着くと、

「邦子の母です」と告げた。

「邦子さんのお母さんですか、どうしました」

聞かれてタミは、倒れんばかりの様（さま）を演じ、わーっと泣き出したので神父は吃驚してタミを応接間に招じ入れた。

「邦子は一番下の娘です。私の一番可愛い娘です。毎日毎日寂しくて心配で、邦子を返して下さい。早く帰るように言って下さい」神父の前で床に座り込み、身をよじって泣き続けたので、神父は困り果てた。

「解りました。修道院の方と相談します。今日はお帰り下さい」と言われ、もう一押し、オイオイ泣いてみせてから、さも弱り果てているかの如く玄関まで送り出した神父の前で、

大げさによろけてみせた。

　家に帰り、耕吉の持ち物を調べ、邦子のいる修道院の住所を捜し出し、院長宛の手紙を書き出した。わざと下手に、辿々しく書いた。邦子宛にも便箋一枚を使って、汚れた物を着ないように、風邪を引かないようになどと、愛情タップリのように書き、それを院長宛の手紙と同封して送った。

　そして一日も早く金を手に入れるために、翌日もその次の日も教会に押しかけ、神父を呼び出してはオイオイ泣いてみせ、帰ってからは修道院に手紙を送った。五日間同じことを繰り返し、六日目、修道院への手紙には、

『かねてより、入院していた父親が危篤状態なので、急ぎ帰して欲しい』と書いた。

　修道院長は邦子を呼び出し、

「お母さんから帰して欲しいと、何度も手紙が来ています。お母さんの許しなしに来たのですか」と厳しく邦子を叱り、

「お父さんが危篤だそうです。すぐに発ちなさい、丁度、長崎に行く人達がいますから、一緒の汽車で行きなさい、あなたから預かったお金です」と言って、父が発つとき渡してくれた、二千円の入った茶封筒と財布を邦子の手に渡した。この時、院長は、この子はきっと帰ってくる、帰りの汽車賃が要るから、と思って渡した。

邦子は、父が危篤と聞き、動悸が激しくなった。何をどうして良いか解らないで、作業していたままの服装で、他の人達と玄関で合流し、東京駅に向かうバスに乗った。

皆を引率しているのは、終生誓願を済ませ、黒色の修道服を着ているシスターで、後の四人は、邦子と同じ修道見習いで十五歳前後。それぞれ私服で、皆俯き加減に、無言でシスターの後に付いいて歩いた。

東京駅の改札で待っていた若いシスターが、引率のシスターに六人分の乗車券を渡し、「お気を付けて、お願い致します」と丁寧に、深く頭を下げて立ち去った。

六人は汽車に乗り込んだが車内は満員で、幸い手近に一人分だけの空席があり、シスターが座った。他の人達は、シスターの傍に立ったまま揺られていた。

座っているシスターは、黒いベールで顔が隠れていて、眠ってしまったのか、俯いたままの姿勢で動かない。

汽車はどの辺りを走っていたのか、見習いの少女が四人とも、「お腹が空いた、お腹が痛い」と言い出した。そしてドアの傍に立っている邦子の傍に集まり、

「シスターが、皆のお弁当を買うお金持っているのに、買ってくれない」

「お腹が空いて、死にそうなのに」

「お腹が痛くて我慢出来ない」四人が縋るように邦子に訴えた。

（そう言われても、何故私に言うの）邦子は戸惑った。どうして良いか解らない。

修道院の朝食は六時、昼食は十一時だ。近くにいる人に時間を聞くと、既に、二時を過ぎていた。シスターは、乗車した時に座ったままの姿勢で、眠っているのか、覚めているのか解らない。

邦子は、父から貰った二千円のお金を使ってしまったら、帰りの汽車賃がなくなってしまうと思い、どうすれば良いのかと迷った。お腹を押さえていた少女が、邦子の服を掴んで、「助けて、お腹痛い」と泣き出した。

邦子には、シスターを揺り動かす勇気がなかった。仕方なく、家に帰ったら何とかなるだろうと思ってしまい、近付いてきた売り子から、一番安い弁当を六人分買った。その一つを渡すためにシスターに近付いた時、顔を上げて窓を見たシスターが、邦子を見た。邦子は初めて自分達を引率しているシスターの顔を見て、綺麗な方だと思った。修道院を出る時、長崎出身のシスターだと誰かが話していたのを思い出した。

「すみません。勝手にお弁当買いました。シスターの分です」

「ありがとう」と言って受け取られた。

邦子は安心して皆の傍に戻り、五人は立ったままで食べた。

名古屋で大勢が降りたので席が空き、皆座ることが出来た。東京から立ち通しだったので、さすがの修道女見習い達も疲れていたらしい。皆すぐに眠りに落ちた。シスターも窓際に移った。

邦子は父の危篤の知らせに不安が募り、汽車の速度が鈍く感じられて苛立っていた。やがて大阪駅に着き、シスターから切符を渡されお礼を言いながらシスターの足下を見てしまった。おそらくシスターは蓋をして捨てたのだろうが、剥き出しになっている弁当の中身が、殆ど食べられずに捨てられていた。

自分の身を削る思いで買った弁当だが（やはりシスターは、怒っておられたのだ）と邦子はすごく悲しい思いで下車した。そして窓際のシスターの側まで行き、もう一度、

「ありがとうございました、お気を付けておいでください」

眠り込んでいた少女達が、それぞれの席で、（先ほどはありがとう）と言ってくれているような笑顔で、窓下の邦子を見ていた。

「早く行きなさい」小さい声でシスターが言った。邦子はもう一度無言で頭を下げたがこの時、すぐに修道院に帰ると思っていたので、仲間の少女達には「さようなら」を言わなかった。まさか、これが、最後の別れになるとは、微塵も思っていなかった。

夜遅く家に着くと父がいた。座敷に座って自分の衣類を畳んでいた。邦子は、騙された、と咄嗟に思った。

「邦子、どうした」と父。お父さんと言いかけた時、

「邦子、元気にしてたか、帰ってくれたんやな」、オロオロとした声でタミが言った。

邦子は黙って母親の顔を見ていたがそのまま表に出て、教会に行き、修道院に行くための心構えとして二年間、霊的指導を受けた神父に会った。

会った途端に、厳しく叱られた。

「貴方はどうして、お母さんを確り説得しませんでしたか、毎日教会に来て、娘を早く帰して欲しいと泣き続けられ、私は困ってしまいました。もう東京に行くことは許しません。貴方は自分の失敗を書いて、院長に送りなさい」と言われた。そう言われても邦子には、何のことかさっぱり解らない。自分が何を失敗したのか解らない。

「はい」と答えてから、聖堂に入って椅子に座り、ぼんやりと聖櫃の灯りを見ていた。夜の闇が聖堂に満ちていたが、そんなことも気付かずに時が過ぎた。

母親に騙されたと気付いたが、東京に帰る汽車賃がない。この時、シスターの足下に捨てられていた折り弁当が鮮やかに目に浮かんだ。（あの時、どうしてお弁当を買ってしまったのか、こんな大切なお金だったのに）強い後悔が胸に迫り、「あー」と、思わず声を

張り上げた。

　一体、何がどうなっているのか解らない。何を、どう考えれば良いのか解らない。それよりも、あの母親をどう説得すれば良いというのだ。邦子はすっかり思考力を失い、手を合わせて祈る心も失っていた。

　真夜中を過ぎた。家に帰ると父が未だ起きていて、

「お母さんが、邦子を戻して欲しい、これからは大事にするからと病院に来て、病室で声を上げて泣くから、周りの人に大変な迷惑を掛けてしまって、格好悪くていられないから、退院してきた」と言ったので、父の体調が悪かったのは本当だったのだと思った。

　それほどの年でもないのに父はすっかり老けて、躰が小さくなり、歩き方も力がない。邦子は、弱っている父に心配を掛けることは出来ないと思い、でも、どうして良いか解らなくて、早朝の聖堂に入ると、ただぼんやりと椅子に座っていた。そんな邦子の様子に気付いた教会の、まかない方の女性が邦子を呼んで、台所でパンとコーヒーを食べさせてくれた。

　汽車の中で、四人の仲間と立ちながら弁当を食べたきりだったので、生まれて初めて飲んだコーヒーは胃に強い刺激を起こした。

　皿とコップを洗い、女性に礼を言ってから司祭館を出た。

東京に帰りたいが、家を出てしまうとまた母親が教会に行き、大げさに泣いて、大変なご迷惑をお掛けすることになる。躰が弱り切っている父に負担を掛けることは出来ない。どこか、住み込みの働き口を見付け、汽車賃を作らなければどうすることも出来ない。あの母親は、百年掛かっても説得など出来るはずがない。

(それにしても、教会に行って神父様に泣き付くとは、そんな知恵、何故あるのかな)邦子は悔しくて腹立たしかった。

どうしようと考えながら歩き、職業安定所に向かった。安定所の前には、既に十人程が待っていたが、邦子の若さが目立った。午前九時、ドアが開かれた。

住み込みの勤め口を見付けることは出来なかったが、ガソリンスタンドの店員として採用され、翌日から勤めることになった。これでお金が出来れば、何時でも東京に帰ることが出来ると思い、お弁当六個を買った残り、二十円を持っているので近所のバラ園に行き、畑でバラの手入れをしていた青年に、

「お金、余りないのですが、お花一本だけで良いのです。分けて頂けますか」と言った。

青年は、

「良いですよ、ちょっと待って」と言って、畝の中を急ぎ足で行き、歩きながら、数本切った。邦子はそんなにお金ないのにと心配になって見ていた。青年は、棘を切りながら歩

き、引き返してきた。

「あの、お金、これだけしかないのですが」と言う邦子に、

「良いですよ、上げます」と言いながら、手元を持ち良いように揃えてから渡してくれた。

邦子は嬉しかった。貰ったバラの、心洗われるような高貴な香りを大切に胸に抱えるようにして持ち、何度も青年にお礼を言った。青年はただ控えめな笑顔で、

「いえ、いいえ」と言っただけで、作業の続きに戻った。


司祭館に入って、先ほどの女性から花瓶を出して貰い、祭壇に捧げてから暫く座り込んでいたが、何を祈って良いのかまだ解らない。帰ろうとして靴を履いていると、

「夏のバラは珍しいですね、ありがとう」

背後に神父の声がした。

今はまだ、心がバラバラの感じで、何を話して良いか解らなくて黙っていると、

「ドミニコ修道院に行ってきなさい、電話しておきましたから、近くの修道院であれば、お母さんが貴方に会いたい時、すぐに会うことが出来ますから」

「ありがとうございます。行って来ます」と答えた。

問題が違うのにと思ったが、電話して下さっているなら行くしかない。緑が丘にあるド

ミニコ修道院まで五十分、早足で歩いた。案内を請うと、応接間に通され、暫く待って、院長が入ってこられた。

邦子は促されるままに手短かに、事情を説明した。東京の修道院にいたことも話した。しかし、母親に騙されて帰ってきたことを話すべきかどうか迷った。

「自分を正当化するために、他の人を悪く言ってはいけない」と、帰ってきた時、指導神父に注意されたことが心に引っ掛かっていたので、つい、言い渋ってしまった。それに、初めてお会いしたが院長は既に電話で、粗方のことは聞かれているだろうと思い、尚、話しづらかった。

邦子は、何故こんなことになるのかと思った。

何をどう考えて良いのか解らない。深い霧の中を彷徨っているようで、自分がどちらに向かっているのか解らない。今、ここにおいでの院長に、何を話せばうまく進むことが出来るのか、今の、自分のことを理解して頂くことが出来るのか、それがまったく解らない。心の中は苛々しているのに、言わなければならない言葉を見つけ出すことが出来ない。

邦子の言葉を待って、暫くジッと邦子の顔を見ておられた院長は、

「貴方がこの修道院に合うかどうか解らないけど、お昼の食事、試しに食べていって下さい。大変粗末な物です。私達と同じ物ですよ」と言い残して出て行かれた。

真っ白な修道服は床までの長さで、藍色のスリッパがゆっくりと開いている戸口から消えた。邦子は、どこのお国の方だろうと思った。大柄でふくよかな感じの院長だった。

暫くして、既に食事の支度は出来ていたのだろうか、若いシスターがお盆に載せた食事を運んでこられ、にこやかに、「ゆっくり、お上がり下さい」とだけ言って出て行かれた。

今朝教会で、トースト一枚とコーヒーを頂いた、それ以外何も食べていない。目の前に出された修道院の昼食が、大変なご馳走に思えた。

白身の魚のフライが一つ、野菜が二品、それと、ジャガイモのスープ。ニンジンとキャベツの煮物の香りはなつかしくて、父と一緒に畑仕事をしていた頃を思い出した。

邦子はふと、この修道院にも畑があるのかな、と思った。それはただ、何気ない思いに過ぎなかったのに、東京の仲間や、汽車で一緒に帰ってきた人達が別れ際に、それぞれの席から笑顔を送ってくれた姿も思い浮かび、東京の大きな食堂で、大勢と一緒に、朝夕頂いていた光景が浮かび上がった。

でも、それにも増して、同僚の三人と一緒に、懸命に育てていたあの幼い子らは今、どうしているのだろう。

余りにも、突然に、自分の居所の変化に戸惑って、幼い子らのことを忘れていた。何か申し訳のない思いで、目に浮かぶ幼い顔に、

「ごめんね、帰れなくてごめんね」と心の中で詫びた。

何の邪気もない、微塵の汚れもない幼い姿が、泣いたり、笑ったりしている。キャッキャッと声を上げて喜び、手を叩いている。幼いのに、自分の好みがハッキリしている子、自分の好きなママ〈職員〉が他の子を抱くと、すごく泣いてぐずり出す子。散々世話が掛かるのに、そんな一人一人の幼い顔が浮かび、早くあの場所に帰りたいという思いに駆られ、何時の間にか、食べながら泣いていた。

食べ終わってから暫く待っていたが、何方も来られない。

黙って帰ることは出来ないと思い、尚待っていたが、何方も応接間に来られないので仕方なく、挨拶も出来ないまま修道院を出た。

食器をあのままで、いけなかったかなと思いながら、猪名野神社の玉垣に沿って歩いた。鬱蒼と生い茂った木々の境内は真昼なのに、幻想的な静寂を醸して薄暗かった。正面の鳥居ではなく、社務所の人達が出入りする横道があったので入って行き、石に腰掛けて、木々の梢や辺りを見ていた。

ふと、幼い時、石に座っていたことを思い出し、忘れていたものが、次々に浮かびあがった。

伊丹小学校での様々な出来事、幼い自分に対する母親の酷さも思い出してしまい、寂しさと悔しさが込み上げて来た。

ドミニコ修道院は置いて下さるだろう、このまま引き返して、置いて下さい、と言っても大丈夫だろう。でも、東京に帰りたい。どうすれば良い、ガソリンスタンドで、勤める約束もしてしまっているし。

東京を発つ時、まさか、こんなことになるとは予想もしていなかった。今自分は、着のみ着のままで着替えもない。ドミニコ修道院に行くにしても、肌着の着替えぐらいは持って行かなくてはならない。

(東京に帰りたい、このまま東京まで歩いたら何日ぐらい掛かるか、きっと途中で行き倒れになるだろう、それも良いのでは、でも、躰の弱っているお父さんに心配を掛ける。母がまた教会に行って、神父様に大変なご迷惑をお掛けすることになる、逃げることも出来ない)

鎮守の森は静寂で涼しく、腹立たしかった気分が少し落ち着き考えることが出来た。先ず働こう、お金を作るしかないと決め、静けさに心惹かれながら境内を出た。

教会に寄らず家に帰ると、隣の小母ちゃんが走り出てきて、

「あんた、お父さんな、さっき運ばれたで」

「ええ、どこに」

「救急車来てな、無理がたたったんや、あんた、気い付けたげなあかんで」と言われた。

父は調子が悪くて、もう一度入院してしまった。急ぎ、そのまま病院に行こうとすると、タミが慌てて出てきた。

「お客さんが来てはる、早よお茶出してあげな」と言って強引に邦子を家に引っ張り入れ、隣の人に当てつけて、わざとひどい音がするように戸口を閉めた。

お茶を出すだけならと思い、言われるままにお盆を受け取り、父が使っている部屋に行くと若い男が、入ってきた邦子をジッと見た。気味悪く感じた邦子は、

「失礼します」と言ってお盆のまま彼の前に置き、急ぎ部屋を出て、父の元に走った。

教えられた病室に駆け込むと、青ざめた顔の父がベッドで眠っていた。その夜遅くまで父の傍にいたが、邦子は家に、若い男が来ていたことを父に話さなかった。（弱り果てている父に、要らないことを言って心配させてはいけない）ただそれだけの思いで話さなかった。

邦子は父の傍にいながら、（お父さんが元気になって退院したら、神父様に話してくれる、そうすれば東京に帰れる、それまでに働いて汽車賃を作っておこう）と考えていた。

「どうや、ええ子やろ」とタミは、せっかちに呼び寄せた若い男に言った。

「思ったより綺麗な子や、それで、小母ちゃん、あの子幾らで売る気」

「買うのんか、結婚するのんか、どっちや」

「そうやな、あの子やったら連れて歩いても恥ずかしないな。結婚しようか、どうせいつかは嫁はん貰わないかんし」

「それやったら結納金や、今の相場で五万円や」どうせこんな若いヤツ、世間のこと、何も知るもんかと、タミは大きくはったりをかませた。

貨幣価値はかなり下がった。結納金に相場などないが、この時期、庶民生活の中では二万円が無難な相場と言えば、相場だった。

「五万円、それはキツいで小母ちゃん、二万円にしとこ」

「あんた、あの子間違いなく生娘（きむすめ）や、修道院にいてた子や、五万円や」

「小母ちゃんアンタ、ホンマにあの子の母親、小母ちゃんが産んだ子か」

「そうや」

「へー、俺も相当な悪党やけど、小母ちゃん、大した悪党やな、我が子をそんな風に売るとは」

「産んで貰（も）ろた親の役に立つんや、あの子にとって幸せなことやないか」

「そんな考えも出来るんか。俺は商売女ばっかり買うてきたから飽きたで、一度でも処女、経験してみたいからええけど」

「そやろ、あんたがそう言うから、修道院から帰らせたんや」

「騙してか」

「何でもええやろ、金、何時持ってくる、ぐずぐずしとったら東京に帰ってしまいよるで」

「仕事の都合で、次の日曜しか来られんよ」

「それでええ」

「しかし、本人何も知らんで」

「あれは親のこと、神さんとおんなじぐらい大事に思とる、心配ない、必ずあんたの物になる。修道院に帰れんようにしてしもたら、ええだけのことや」

「そしたら次の日曜日、金持ってくる、連れ出してもええか」

「そうしいな、早よどこぞに連れ込んで自分の物にしてしもたらええねん。そしたら東京に帰れんようになるから」

男は内心（ホンマにええんかいな）と思いながら、母親の生け贄にされる娘を少し哀れに思ったが、（あの母親ならどうせ誰かに売りよる、そんなら俺が買うたっても悪うないやろ、たとえ一月でも、二月でも、結婚という形にしてやればええだけのことや、そしたら、思う存分楽しめる）と自分を正当化し、自分の考えに納得しながら帰って行った。

そして次の日曜日、昼前に来た男はタミに、

「約束の五万円、一応包んできたで」と言って、水引の掛かったのし袋を渡した。タミは受け取るなり封を開け、水引とのし袋を纏めて部屋の隅に投げ捨て、五万円を確かめた。男はあっけにとられてタミの様子を見ていた。

「おおきに」タミはニンマリした。

（これさえ手に入ったら、後はどうなろうと知ったことか）と内心ホッとして、「アー、しんどかった」と言ってしまった。

「何が」と男。

「いや、何でもない」

「邦子さんは」

「今、教会に行っとる。帰って来るように言うたけど、そのまま父親の入院先に行くかもしれんで」

「お父さん、入院してるの」

「そうや、そやから彼奴（あいつ）、心配で帰って来よった」

暫く男は黙ってタミの顔を見ていたが、

「教会はどこ」

タミに教会の住所を聞いた男は（大勢いて、ヤバいかもしれんで）と歩きながら思った。

教会の門から、沢山の人が出て来て、早足に去って行く様子を見ながら、

（来るのが遅かったかな、五万円も取られてヤれんかったらアホみたいやで）と思いながら、門の中に入って行った。玄関の中に邦子の姿があり、他に若い女性がいて、二人で玄関に散らばっているスリッパを片付けている。その様子を見て男は何となく後ろめたさを感じ、一旦門の外に出た。

（しかし五万円やで、人に借りた五万円、あの母親に取られて、このまま引き下がるわけにいかんで）と門の外で暫く考えていたが、「かまうか」と呟き、もう一度門の中に入った。邦子の姿がない。慌てて玄関に入り、すぐに見える聖堂の中を覗くと、邦子が一人跪いて祈っていた。それを見て男は安心し、自分も聖堂にそっと入り、入口近くの椅子に座って邦子の様子を見ていた。

やがて何かを祈り終えたのか、邦子が立ち上がったので、男は慌てて跪き、両手を合わせ、祈っているふりをした。邦子がその横を静かに通り過ぎた。

男は少し間を置いて出ると、「邦子さん」と後ろから声を掛けた。

邦子は男の声で呼ばれたので吃驚して振り返った。廊下と玄関にはもう誰もいなくて、

静まりかえっている。

　男は何度も断る邦子を強引に誘って、来る時見ておいた洋食店に邦子を連れて行き、先に入れた。

　まっ白なテーブルクロスの掛かった席に着いてからも、邦子は、

「私、お父さんの看護に早く行きたいので、貴方のお付き合いは出来ません」

　と言ったが、男は構わずにオムレツを二つ注文し、

「食事だけ付き合って下さい」と言った。邦子はそれ以上抵抗することが出来ずに座っていた。

　邦子の前に初めて見る物が置かれた。黙って見ていると、

「僕、オムレツ好きなんです」と言って、男は先に食べだした。邦子もスプーンを持ったが、未だ名前も知らない男と会食することに強い罪悪感が涌き上がった。躊躇（ためら）っていると、

「早く食べて下さい、食べたら帰って下さい」と言われ仕方なく、一口、二口と食べた。

何を食べているのか解らない。不安が一杯で味が解らない。口の中で時間をかけて、飲み込んだ。見ると男は食べ終わって、水を飲みながらジッと邦子を見ている目と目が合った。

邦子は心臓が止まりそうになって、

「ご馳走さま」

震える声で言い、ガタガタ音を立て椅子を引き、外に飛び出して走った。後ろで、釣りは要らない、と男の声がした。

夢中で駆けた。百メートル程走った路上で男に追いつかれ、襟髪を掴まれた。

「お前、失礼すぎるぞ、折角高いもん食わしたってるのに」男は豹変した。

「すみません、放して下さい」

「放せるか、お前の母親に五万円も払ろて、このまま逃げられてたまるか、それとも父親に五万円払ろてもらおか、どっちかにせえ」

「母が私を売ったのですか、貴方に」

「結婚したる言うてんねん、それでええやろ」

「私は修道院に帰ります。結婚は出来ません」

「そんなら五万円返してくれ、お父さん入院してるんやな、そこに行こ」

「病気の父にそんな話は出来ません、母から返して貰って下さい」

「そんなら家に帰って、お前から話せや、帰ろ」男は邦子の手首を掴んで引き摺った。

路上には、幾人かの人がいたが、近付いて来る人はいなかった。

邦子は、男に手首を掴まれているのがすごく恐ろしくて、恥ずかしくて、助けて欲しいと声を出すことが出来なかった。そして何が起きているのかと不審そうに見ている人達の表情にも、恐怖が表れていた。

タミは、若い男から受け取った五万円の中から、二万円出して握り、赤松宅に向かった。日曜日なので会社勤めの娘達は家にいた。勝手に座敷に上がって行き、お婆さんが座っている前に、二万円を叩き付けるように置くと、慌てて部屋に現れた娘達に、

「返したで、文句ないやろ」と言い捨て、戸を荒々しく閉めて帰った。

赤松家の人々はあっけにとられていたが、タミが出て行った後、

「お母さん、もうあんな人と付き合ったらいかんよ、ホンマ恐ろしい人や」

「しかしいきなり二万円持ってきて、このお金、どないして作りはったんやろ」と三人は、少し気味悪い思いで顔を見合わせた。

男に引き摺られて家に戻った邦子は、タミを見た途端、震えが止まらなくなった。毅然として問い質そうと決心していたのに、神経が心とは逆に働いた。

タミは、唇の色をなくし、真っ青な顔で自分を見詰めている邦子に、男が既に邦子を襲ったのだと勘違いした。そして邦子を奥座敷に引っ張って行ってから、入口に立っている男に、「どうや、処女に間違いなかったやろ」とニヤけた。

「まだやってへんで、修道院に帰る言うてゴテよった」

「そんならどこへでも連れ込んだらええだけのことやないか」

「アンタから言うて聞かしたら、結婚したる言うてるのに」

タミはずかずか側に行き、

「邦子、もうこの人から結納金貰たんや、この人と結婚するしかないねん、解ったな、大きな会社に勤めている人や、お前の幸せのために決めたことや、今ここで、この人と結婚するんや、解ったな」と怒鳴るように言って出て行き、男に、

「ワテちょっと出てくる、早よ物にするんや、男やろ、ぐずぐずせんときや」

「ちょっと待て、それあんまりやで」

「ならどうするねん、逃げよるで。逃げてしまいよっても、もう五万円ないで、返す金ないで、早よやるしかないやろ」と言い捨てて、タミは出掛けてしまった。男は上がった部屋で座り込んだ。

「あのオバはん、俺より相当上手や、あの子今やるんか」と思案した。

邦子は逃げ出すことが出来ない。足が竦んでしまい部屋の隅で、立ち上がる事すら出来なくて唇の色もなくし、蒼白で震えが止まらなくなった。

男は観念させるしかないと思い、ポケットから小さな紙包みを出した。今日のために用

意した物ではない。以前悪仲間から、面白半分で貰ったのをこの際、試してやろうと思い付いた。

流しにあった湯呑み茶碗二つと急須を座敷に持ってきて、急須に残っている出がらしをそのままにして湯を足し、茶碗に入れ、一つの茶碗に白い粉を全部入れた。この時男は、粉の加減など考えていなかった。

二つの茶碗を両手で持ち、邦子の側に行き、

「怖がらんでもええ、二人でお茶飲んだら俺帰るから」と言って邦子の手に茶碗を持たせた。

「それ、一気に飲んで」と言って自分も飲んだ。邦子が無表情で宙を見ているので、無理やり茶碗を口につけ、流し込んだ。邦子がゴクリと飲んだ。

「それもう少し、気分が落ち着くから」と言って全部流し込んだ。暫くして邦子は、一杯に開けていた目を閉ざし、意識を失った。

タミはその足で、幾人もの人から借りた中、特に、うるさく催促していた二人に、二千円ずつ返して廻り、ついでに、自分の実家と弟の家に行き、邦子が結婚すると言って歩き、兄と弟の嫁から祝い金をせしめた。

中身を全部抜いて自分の財布に入れながら、（邦子はどうせ生まれてこんでもええヤッやったんや）と思い、（彼奴、あんだけ酷い目に遭わしたってもワテのこと、大事に思とる。その大事な大事な母親の役に立ったんや、望み通り親孝行出来たんや、本望やろ）と内心毒づき（明日は耕吉の親戚に行ったたろ、彼奴の親戚皆、金持ちやからな、後三万、いや五万は儲かるかな）とほくそ笑んだ。

タミは遅くに家の近くまで帰って、「金入ったし、久しぶりや一杯やったろ」と呟き酒店に入った。

「白雪一本おくれ」と叫んだ。

「何かお祝い事ですか」と言いながら、店の人が奥から出てきた。

「ま、そんなもんや」とタミ。

「のし紙付けましょうか」

「ええわ、そのままで」

「提げられるようにしましょうか」

「そこやし、抱えて帰るわ」

タミは一升瓶を抱えて、ご機嫌で家に入ると、男が未だいて、座り込んでいた。

「済んだんか」

「何が」

「決まってるやろ、やるだけのこと、やったんか」

「あのな、小母ちゃん」

「何やねん、やること、やったんやろ」

「薬、飲ましたけど、顔見てたら出来んかった。何か、すごく気が引けて」

「今更、善人ぶってもしょないで、やる時は徹底的に、相手が後戻り出来んようにやるんや」

「それが小母ちゃんみたいな悪党の考えか」

「自分も悪党やないか、難しいこと、言うても言わんでも同じことや」

「結婚するんなら、あんまり酷いこと、したくないだけのことや、あの子ええ子やしな」

「そんならそれでええがな、ワテも彼奴(あいつ)に言い訳出来る」

「彼奴って、ああ、入院してるお父さんのことか」

「結婚するにしてもめんどくさいこと、やらんでええで、酒買うてきたから出したるわ」

「ちょっと待ってくれ、それやったら五十歩百歩や」

「どうするねん、辛気臭いな、式挙げるんやったらアンタが全部、金出さなあかんで、式場やら、何やらかんやらと」

　男は黙って勘定した。

（もう既に五万円借りてしもたしな。後どうして金を作ったら良い、結婚したら独身寮、出ないかんし、アパートの部屋、借りる金も要るしな）

「案外物入りやな、考えてなかった」

「そやろ、そんなもん形だけでええねん。アンタの気が済むように、酒飲んだらええねん」

「あの子寝てるで、薬よう効いてるから、効き過ぎたかな」

「アンタが気い済んだらええだけのことや、寝とってもええやん、それの方が騒がれんとええで、待っとり、酒出したる」タミは自分の胸算用で男を急がせた。

　男は、タミの欲深さと狂気に後押しされ、少しは取り戻した良心を、強い情欲で失い、タミが出した酒を口に含むと、邦子の口に押し当て、流し込んで、じっと様子を見ていた。邦子の喉がゴクリと動いたのを見て、素早く衣類をはぎ取りに掛かった。

　その様子をタミは、閉めた障子の隙間から、食い入るように見ていた。

　引き裂かれるような衝撃を神経の一部が感じ取り、何とかして目覚めようと、うつつの中でもがき苦しむ邦子の呻き声が、男の欲情を尚のこと激しく燃え上がらせた。

　真夜中近くになって男は身繕いをし、押し入れからシーツを引っ張り出して邦子の躰に掛け、無言のまま、表に出て行った。

我が子にこの上ない、最大の屈辱となぶり殺し以上の苦しみを与え、涌き上がる喜びに浸りながら、心ゆくまで満足な見物を楽しんだタミは、

(これで邦子はワテのために金の成る木になりよった。これから毎日、男宛てごうて稼がしたる)とせせら笑いしながら、一升瓶の酒を湯呑みにとくとく注ぎ、

「ええ音や、祝い酒や」と言って、一気に飲み干した。


翌朝、大酒を浴びて寝込んでいたタミは、覚めるとすぐ、邦子の様子を見るために奥の間に入った。

白いシーツが掛かっている。

「しまった。殺してしまいよったんかアイツ」と思わず叫んだが、そんなことはないと思い直し、側に寄った。

薬が余程効いているのか覚めていない。シーツを剥がすと素っ裸にされていた。「フン、やるだけのことは、やりおったんや、気が済んだやろ。コイツにも、これから稼がしたらな、死なれたら大損や」タミは安堵して、シーツをぞんざいに掛け直し、障子を閉めた。

そして十時過ぎ、「彼奴、未だ寝とんか」と障子を開けた。

仰向けのまま、天井をじっと見ている邦子に、

「どうや、男に抱かれた気分は」と、せせら笑いしながら言った。

邦子の表情が僅かに動いたが、その後何の反応もない。

「お前、男に抱かれたんや、もう修道院には帰れんで、恥ずかしくて教会にも行かれんで。ええか、キリスト教は自殺は大きな罪や、死ぬことも出来んで、親の言うこと聞くしかないな。これからも毎日そこで、そないして、寝てたらええねん、別の男幾らでも連れて来たるさかい、解ったな」と脅し、捲し立て、障子を閉めた。

邦子は我に返って起きた。自分の身に何が起きたか解らなかったが、下穿きを付けていないことに気が付き動転した。下腹の異様な感覚と、キリキリと突き刺すような痛みを感じ、恐ろしさに歯の根も合わぬ震えが起きた。立ち上がろうとしたが躰がどうなってしまったのか、重心を失って何度も転んだ。目が眩みそうな恐怖に、ここから早く逃げなければと焦り、這いながら服を探してまとい、必死に柱に縋って立ち上がり、壁伝いに蹌踉けながら歩き出したが、突き刺すような痛みが激しくなった。(早く逃げなければ)自分の躰に強く言い聞かせ、一歩一歩と足を必死で動かした。

タミは、邦子が結婚すると言い廻ってせしめた金で、早速、お召しの着物や草履を買っていたが、それらを早く身に着けたくて、(彼奴に客取らしたら、これぐらいな金、毎日

稼げる）と浮かれ気分で、念入りに化粧した鏡の中に映る自分に満足し、笑みを浮かべて着物を着ていた時、邦子が障子を開けた。

「どこ行くねん。格好悪うて町歩けんで邦子、昨日晩のこと思い出してみい、嬉しがって男に抱かれとったやろ。温和しいに、家にいるのや、寿司でも買うてきたるから」

「あんたは人間でない、悪魔や」邦子がやっと悲痛に叫んだ。

「何とでも言え、お前はこれからワテのために精々稼ぐんや、それだけ立派に産んで貰ろたんや感謝しろ、これからは産んで貰ろた恩返ししながら生きて行くのが人の道や、解ったか。そんなら邦子、邦子言うて大事にしたるから」

「あんたが今言うたこと、全部お父さんに言うたる」

「お父さん、アホか、ヤツは後、二ヶ月じゃ、知らんかったんか」

言われて愕然とした邦子は、出て行かすまいと立ちはだかるタミを突きのけ、揃えておいたズック靴を引っ掛けると、足を引き摺りながら家を出て、病院に向かった。

午前中は面会出来ない。邦子は看護婦詰所に行き、

「娘です」と言って父の病状が知りたいと願い出た。血の気のない引きつった邦子の顔を見ながら看護婦が、「先生は今診察中なので、一番後に診察室に入って下さい」と言った。

廊下に並んでいる椅子に座ろうしたが、痛みが酷くて座ることが出来ない。仕方なく手

摺りを握って立ったまま待っていた。昼を一時間も過ぎ、やっと呼ばれたので医師の前に行った。

「お父さんの病状が知りたいのですか、先日、お母さんに説明しておきましたが」と医師。

「あの、少し事情があるのです。私に教えて下さい」と願った。邦子を見た医師は、蒼白な顔色に怪訝な思いを抱いたが（お父さんのことを心配しているのだ）と受け取り、

「お嬢さんには大変ショックなことですが、末期ガンです」

一気に言ってから、

「ご本人に言って良いかどうか迷っています」

尚この先、病状がどうなるかの説明を受けて、診察室を出てから足がもつれて、つんのめった。後ろにいた看護婦が咄嗟に邦子を支え、椅子に座らせようとしたので邦子は、

「座れません」とだけ言った。

「では暫く、このままでいて下さい」そして同僚の看護婦に、

「ショックで貧血をおこされたようです」と言っているのが聞こえた。

午前中の診察は終わったので、廊下は静かになっている。立っていることも堪えきれなくて邦子は、冷たい汗を流しながら少しずつ歩いた。何をどう考えて良いのか解らなくて、考えるのも苦しくて、足だけを動かし続けていたが、ふと、「順子姉、知っているのかな」

と気が付き、父の病室に向かうと、もう既に昼からの安静の時間は終わり、患者と面会の人数名が娯楽室に集まっていた。教えられた父の病室に入ると、六人部屋はぎゅうぎゅう詰めにベッドが並び、父は奥の窓際にいた。

鎮痛剤のせいなのか、ぐっすり寝入っている父の顔は生気がなく、頬骨がひどく浮き上がって見えた。

邦子は父に声を掛けずに病院を出て、電車の駅に行ったが、お金を持っていないことに気が付き、仕方なく、線路沿いの道を歩いて行くことにした。それしかなかった。

頭の芯が割れるようにガンガン疼く。下腹部の痛みは少し和らいだような気がするが、押し潰されそうな不安を懸命に堪え、(お父さんが死んでしまう、お父さんが死んでしまう)と思い続け、太陽が照りつけても、石ころだらけの道でつんのめっても、この世に生きている感覚を失ってしまったかのような躰は、神経が切り離されたのか、足だけが動いてた。

塚口まではかなりの距離がある。線路沿いの細い道で途中、何度もへたばっては立ち上がり立ち上がり、焦って焦って必死に歩き、二時間ほど掛かってやっと、塚口市場の中に有る加寿子と順子の店に辿り着いた。

東京にいるはずの邦子が突然現れたので二人は吃驚した。

邦子は順子を見ると力が抜けて、店先にへたり込んだ。順子が慌てて抱き上げた時、邦子の襟元から、かすかに生臭い匂いがした。

(何かな)と咄嗟な思いで、邦子が大変な病気に冒されているのかと、不安に囚われた。加寿子と順子が店番をしながら食事や帳面付けをしている小さなテーブルに凭(もた)れ掛かった邦子を、抱えて椅子に座らせると、順子は、「病気になって帰って来たんか」と聞いた。邦子は何かを言おうとしたが、強い悲しみに胸が塞がれ、言葉なく、声を殺して泣き続けた。

邦子の躰から発している、魚の腐ったような臭いが気になっていた順子は、加寿子に、「カズ姉、一人で店番しててくれる。邦ちゃん連れてお風呂に行ってくるわ」

「ええで、大丈夫や」加寿子の返事を聞いて二階に駆け上がり、二人分の着替えを用意して、駆け降りてくると、

「邦ちゃん、大丈夫か、歩けるか」と聞いた。

邦子は朝から一滴の水も飲んでいない。お腹が空いたと言わずに、

「水、飲みたい」と言った。

二人の姉は、邦子が朝から何も食べることが出来ずに、伊丹から歩いて来たことを知らなかった。

二人で近くの風呂屋に行き、掛かり湯をした時、何かがズルっと出た。

下腹部の強い痛みと不気味な違和感を感じていた邦子は、何が自分の躰から出たのかと足下を見た。大きな血の塊が溝に流れ込むのが目に入り、恐怖が全身を貫いた。

順子は動転し、意識を失った客に風呂屋は大騒ぎとなった。救急車が来て、邦子は近畿中央病院に搬送された。

付き添っていた順子がやっと気が付き、急ぎ加寿子に電話したのが八時過ぎ。店を閉めても帰って来ない二人に、気をもんでいた加寿子が病院に駆け付け、

「どうなってんの」と小声で順子に聞いた。

「過労と、それから何か、先生言うてはった」

「修道院で過労になったんか、そんなら何でここまで帰って来たん」

「さー、未だ何も邦子から聞いてないから」

二人は暫く邦子の側で、様子を見ていたが、看護婦詰所に行って病状を尋ねた。

「邦子は過労ですか」

「先生にお聞き下さい。もうすぐここに来られます、暫くお待ち下さい」

九時過ぎ、やっと内科医が来て、

「園部邦子さんですね、ご様態は過労よりも何か大変なショックのようですね。それに、

薬物中毒の疑いもあります」と話され、突然に意識を失った原因が解らないとのことで、三日間入院し、頭の痛みが薄らいだので退院した。

姉妹は店主に断り、自分達の部屋に邦子を泊めた。そして、医師が話された薬物中毒については、邦子が元気になってから聞き出すことにした。

翌日、店番をしながら、姉達は邦子に何があったのか聞いた。

邦子は、父の担当医から聞いたことを姉達に話したが、自分の身に起きたことは話さなかった。それで姉達は、邦子が倒れた原因は、父のことだと思い込んでしまった。

二人の姉は手分けして、手紙で、神戸の企業に勤めている博幸と、東京にいる幸子に、父の病状を知らせた。

幸子は叔父夫婦の世話で博幸の学友に嫁ぎ、幸せに暮らしていたので、その住所に送った。

病院に駆け付けた博幸はすぐに手続きを取り、父を神戸の病院に移し、邦子を付き添い人にした。

次に博幸は、伊丹の家に行った。その時タミは家にいたが、博幸は無言で父の衣類と身の回りの品を車に積んだ。父が若い時から大切にしていた、金蒔絵の手文庫を忘れずに持ち出した。

　作業している最中、タミが煩く付きまとった。

「何で黙ってお父さんの物全部持ち出すんや、お父さんがもうじきおらんようになるからワテは悲しゅうて、悲しゅうてならんのに、お前は何でお父さんの物全部、どこへ持って行く気や」

「なあ博幸、お前だけはお母さん、大事に大事に育てたんやで、お前までお母さん裏切るんか」大声で泣きわめいた。

　父の荷物を運び出す博幸に、必死で縋るタミを押しのけ、最後まで無言のまま軽トラックで走り去った。後に残されたタミは、

「フン、何奴もコイツも恩知らずめ、産んで貰った恩、忘れやがって」

　路の真ん中に突っ立ったまま大声で、ひとしきり毒づいていたが、家に入り、

「ええわい、邦子が帰ってきたらええねん、彼奴に稼がしたらええねん。どこに行きよったんや、また東京か、イヤ、そんなことないやろ、男に玩具にされた躰で修道院には帰れんで。そや、また神父に泣き付いたろ、あんな人ら子どもみたいなもんや、人、疑うこと知らへん。なんぼでも騙せる、チョロいもんや」と呟いているうちに、タミの心は次第に落ち着き、ニタリと笑った。そして、

「腹減ったな、何食べたろ」

自分の食事の支度も出来ないタミは、いつものように近くの一膳飯屋に向かいながら、(彼奴のお陰で汚い飯屋しか行かれへん、そいでも、もうじき死によんねん、しょうもないヤツでもおらんようになる思たらちょっと寂しいな、金取る相手おらんようになるからな。まあええやん、邦子に稼がせたらええねん、彼奴(あいつ)の方が稼ぎになる。生娘買いたい男、そこら中におる。なんぼでも稼げるがな)などと、いともおおらかな思いで飯屋に向かっていたがしばらく歩いてから、(あーそうか、邦子のヤツ、博幸に知らせよったんやな)と思い、(邦子も博幸の所や、それで博幸、ワテのこと、あんなに滅茶苦茶怒っとったんや、そんならもう、連れ戻すこと出来んで。出て行かすんやなかった。下手したな、しもたことしたな、金、稼がすヤツおらんで、どないしよ)と今度は深刻に悩み始めた。

数日後、タミは着飾って教会に行き、ミサの後、信徒会館に集まり、お茶会をしている皆に向かって、

「園部邦子の母でございます。邦子が皆様に大変お世話になりました。ありがとうございました。それでご報告ですが、邦子は結婚しました。以前より邦子を思い続けていた青年が、何度も東京の修道院に行って、邦子に帰って来て欲しいと懇願したので、邦子も根負けして先日修道院から帰って来て、その青年と結婚しました。邦子は幸せ者です。そんな

に思われ愛された人と結婚出来たのですから、皆さんご安心ください」と勝手に一人で蕩々(とうとう)と喋って帰った。

聞いていた人達は呆れ顔だったが、やがて一人の年輩の婦人が、

「そんなら初めから修道院に行く必要がなかったのに」と言った。

すると待っていたかのように、次々と婦人達が、

「神父様が可哀想ですよ、あんなに喜んでいらっしゃったのに」

「こんなの人、騙したんと同じですよ、けしからん子です」

「それなら何故、教会で式挙げんかったんでしょうね」

「修道院から戻ってきてすぐに、結婚式挙げるのは、そらちょっと、恥ずかしいことでしょう」

「あのお母さん、娘のために、言い訳しに来られたんでしょうか」

「お母さんに大変な心配掛けて、親不孝な娘ですね」

信者達は、気分悪そうに話し合った。皆の心には、邦子に裏切られたと思う、不愉快さが生じた。

この時、主任神父も助任神父も、司祭館に帰ってしまっていたので、この場のことは知り得なかった。

(邦子が結婚した言うといたから、祝い金用意しとるやろ、貰ろとかな。何人くれるかな)

勝手な考えでタミは次の日曜日、時間より早く聖堂に入り、目立つように真ん中の一番後ろの席に座った。次の日曜日も、その次の日曜日も。タミが当てにしていた祝い金は、誰からも貰えなかったが、その代わり信者、特に年配の婦人達はタミに同情を感じて接したので、かなり居心地良く、タミはせっせと教会に通い、真に神妙に、洗礼まで受けてしまった。


耕吉は、神戸の病院に移ってから、少し元気を取り戻した。博幸と邦子は、

「誤診やったんかな、こっちの先生によく聞いてみよ」と言い合った。

しかし医師の説明では、「心の持ちようで、一時元気を取り戻しても、進行は同じです。今の医学では、肝臓ガンを治すことは出来ません」と宣告された。

博幸は出来る限り、毎日父を見舞った。邦子はゆっくりと側で、最後の孝養が出来ることを感謝した。

耕吉は自分の病気が治らないことを悟っていた。そして、側にいる邦子のことが気掛かりで、

「博幸、邦子のことが心配や、儂がおらんようになっても、お前が儂の代わりに気を付け

てやれよ、それが儂への一番の孝行になるから」

　そして、医師の宣告よりも二ヶ月長く生きてその年の暮れ、子ども達皆に見取られながら安らかに逝ったが、そこにタミの姿はなかった。
邦子は父が息を引き取った直後、コッソリと父の額に水を掛けて洗礼名を、ヨアキムとした。どうしても父と一緒に天に戻りたい、切なる願いを込めて行なった。

　葬儀が行なわれた。その頃、邦子は既に自分の躰に異変が起きていることに気付いていたが、父に心配を掛けてはならないと必死に隠し通してきた。そんな邦子の様子に幸子が気付き、兄や妹達に尋ねてみた。皆は幸子の意外な質問に動転した。そして邦子の様子を皆して、それとなく見守った。明らかに体付きが普通ではない。

「邦ちゃん、皆が心配してるの解ってるか、話してみ、一人で堪(こら)えてんと」

　順子が促した。

「お父さんのお葬式が終わったら聞いて貰う積もりやった。死にたい」泣き伏す邦子に、

「何があったか話すのだ、手遅れにならんうちに」

　博幸が強く促した。幸子は自分の代わりに、温和しい邦子に最悪の事態が起きていたのだと思い、胸が締め付けられる苦しさを感じた。

邦子は激しく泣き続けながら、あの日起きたことを全て、兄と姉達に話した。

博幸は邦子が、父の看護に献身しながら、大変な不安を紛らしていたのだと思い、(幸が気付いてくれて良かった。邦子は父の葬儀が終わったら死ぬ積もりではなかったのか)と、側にいながら気付かなかった自分を責めた。

加寿子がそっと順子に、

「あんた、あの時な、慌ててお風呂に連れて行ったな、あれ何やったん」

「邦ちゃんが縋り付いた時、何か知らんけど、魚の腐ったような臭いがしたから、よっぽど躰、汚れてるんや思って」

「そして邦子、風呂屋で気い失いやってんやろ」

「そうや、あの時、こんな大変な事やと解ったら処置出来たのに」

「病院の先生、解らんかったんかな」

「さー、内科の先生やったからな」

「それにしても許せんで」

「とうとう邦子が犠牲になってしもた。エライことしてくれよったで、ホンマ、あの人、金のことしか頭の中にないねんで。お父さんの一生滅茶苦茶にして、その上邦子の一生まで、台無しにしよった。あんなの親とは言えんで、鬼畜や」順子の怒りが涙声になった。

「私らもやられるとこやったしな」加寿子もキツい表情になっていた。

「あの人にとって女の子は、我が子やのうて金作りのための道具でしかない。そんな考え、何で出来るのかな。人間として成長出来ていないうちに、大人になってしまった」

「恐らくお父さんは、愛情で包んでやれば、まともな性格になると考えて、出来る限りのことをしたのだろうが、どんなに深い愛情でも、あの人にとっては、逆効果でしかなかった。尽くせば尽くすほど付け上がって、相手を侮って舐めて掛かる。それが我々の母親だ。真に残念なことに」博幸も強い憤りを感じながら、邦子の身をどう救えるか思案した。

葬儀に参列してくれている叔父と叔母は疲れているので、早くにホテルに泊まって貰っていた。

邦子は、抱えていた苦しみを全て兄姉に話し、泣き疲れて、父の柩の側で眠っている。

葬儀が終わったその夜、幸子夫婦と叔父夫婦は一緒に、夜行列車で東京に帰った。叔父さんは発つ間際、邦子に、

「東京から帰る時、どうして叔父さんの家に来なかったの、そしたら助けてあげることが出来たのに」と言われて邦子は、その時の事情を叔父さんに聞いて貰った。汽車の中で、どうしてもお弁当を買わなければならない羽目になり、東京に帰る汽車賃がなくなってしまったことも。

「実に恐ろしいことが起きたな、兄貴といい、お前といい。叔父さんはお前を助けてあげたかった。生きるのだ邦子、頑張って」

邦子を救えなかった悔しさを抱えて言い残した。

加寿子も店の仕事のため、夜のうちに塚口に帰った。


翌朝、残った兄と姉は、邦子を説得して、病院に連れて行った。

産婦人科に着いた時、博幸が先に医師に会って事情を説明した。

「先ず、診察しましょう」

女医は、怯えている邦子を安心出来るように話し、説明しながら、診察台に誘導した。

診察の後医師は、待っている兄姉に、

「既に四ヶ月が過ぎています。顔も手足も立派に成長しています。このままにしておきましょう。そうしないと、初めてのお産で処理すると、二度と、子どもを産むことの出来ない躰になる危険が高いのです。初産（ういざん）が大切です。それに大きくなりすぎているので、危険です」と説明された。

「どこの誰か解らん男の子ども産むなんて、そんなこと許されへんで」と順子。

「先生、百パーセント危険なのですか」と博幸が尋ねた。

「いや、そんなことはありませんが、でも私は百パーセントの責任を持つことは出来ません」

「邦子、どうする」博幸は困惑して、つい、邦子に聞いてしまった。

「どこの誰か解らんヤツの子ども産むこと出来んし、邦子の躰も大事やし」

博幸は兄として、邦子を助けることが出来ないか、何か方法はないか、何とか出来ないかと懸命に考えた。しかし、何も思い付かなくて、「あー」と、頭を抱えて叫んでしまった。

「命やから」と邦子が言った。

「神様から預かってしまった。大切な預かりものやから、護るしかない」

「邦ちゃん、誰の子か解らんのやで」順子が強く言った。

「自分の都合で、勝手に、命、消すこと、出来ないから、苦しくても護るしかない。本当に可哀想なのは、もしかしたら、この子かも知れないから」

邦子は、自分に言い聞かせるように、力なく言った。

「そんな、何言うてんの邦子、確り（しっか）しいや、あんたの一生、犠牲にする気か、今やったら取り戻せるで」

「もう人間になってるから、子どもに何も罪ないから。親が子どもを殺すことになるから」

「親やて、そんなアホな、どないして育てる気や」

「順子、もう良い。邦子自身、今まで苦しみ抜いて考えて覚悟したことだから」

「あんまりや、酷すぎるで兄ちゃん。彼奴殺したる。どこまで邦子、酷い目に遭わしたら、気済むんや」

順子が口を両手で押さえ、声を絞るようにして泣きだした。

「アホなこと言うでない、我々で邦子を護ってやれば良い」

兄が宥めた。医師は兄姉の話を聞いていたが、

「そうしてあげて下さい、母子手帳作りましょう」と結論した。


年が明けた。博幸と邦子が暮らしている借家に、正月二日の夕刻、突然に女性が現れた。玄関に出た邦子が、

「どちら様ですか」と尋ねたが、その女性は無言で、ジッと邦子を見ながら驚いている様子だったが、次第に険悪な表情に変わり、

「ここ、園部博幸さんの家ですね」と言った。

「はい、そうですが」と答えた邦子を、邪険に押しのけ、赤い大きなトランクを提げたまま勝手に上がり、

「園部君、いるんでしょう」と大声を上げた。二階から駆け下りてきた博幸に女性は、

「この人、誰や」と顎（あご）で、未だ玄関に呆然と立っている邦子を指した。

「誰や言うて、俺の妹やないか」

「お腹大きいよ、何で妹なの」

「そんなこと、あんたに説明する必要ない」

「私、妹と同居してるなんて聞いてない」

「そんなこと、何であんたに言う必要ある」

「私ら結婚するんでしょう、初めっから妹と同居するんですか」

「俺、いつアンタと結婚する言うた、勝手に決めるな」

「今更そんな、卑怯や」

「オイ、何を勘違いしとるか知らんが、お前と俺はただの学友でしかない、俺がいつ、お前と結婚する約束をした」

「以心伝心でしょう」

「アホか吉田、将来出世しそうな男選んで、永久就職する考えが女の間で流行っとるそうやな。そこでアンタは俺を選んだんか、そんな手に乗るか。愛してもいない女と、押し掛けてやったら嬉しがって結婚するとでも思っていたのか、馬鹿馬鹿しい、帰ってくれ」

「ああ、帰るわ、その代わり園部君は妹と同棲してる。妹を孕（はら）ましよったと言い触らしてやるから」

「やれや、やれるもんならやってみろ、名誉毀損で刑務所に放り込んだるから」

「折角来たのに」

「知るか、早よ帰れ、邦子、心配するな、奥に行ってなさい」

言われて邦子は、自分が未だ玄関に立っていることに気づき、慌てて上がり、奥座敷に入った。

博幸は、未だゴネて、悪態を並べている女性を玄関から突き出し、施錠してしまった。

茶の間にいる邦子の側に行き、「俺、女難の相あるのかな」と言って笑った。

表に追い出され、腹の虫が治まらない女性は、ありったけの大声で、

「園部君は妹、孕ましよった。嘘つき、大ウソつきや」と喚(わめ)いていたが、暫くして静かになった。

「兄ちゃん、あれ誰」

「彼奴(あいつ)、同じ大学の同期生や、近頃、横着な女どもの間で、一生楽に贅沢に暮らして行けそうな男を見付けて、永久就職する考えが流行っとる。確(しっか)りと自立した人間になるための教育を受けたはずなのに、大卒証書が嫁入り道具の一つとは恐れ入る。大卒がお飾りとは勿体なさすぎる」

「ちょっと、可哀想な気がした」

「邦子、そこがあのような種類の人間が、付け入る隙を作ってしまうことになる。相手はそこが付け目や。厚かましいだけの者に同情は必要ない。優しすぎたら狡賢いヤツに付け込まれる。解ったな。優しすぎるということも、考えようでは一つの罪なのかも知れない」

「うん、解った」

「さっきのヤツみたいに、少しでも同情したら、少しは気があるのかなと、勘違いされる。中途半端な断り方をしてはいけない。断固として断るのだ。そうすることが後々、厄介な禍いを避けることが出来る。いつも毅然としていなさい。理屈に合わないことに同情する必要はない」

「はい」

「自分のことしか考えることが出来ない者と結婚したら、一生振り回される。お父さんの二の舞になる。お父さんは人間が出来過ぎていたから、優しすぎたから」「しかし、優しさは必要だが、優し過ぎるのは、人生を失敗する一つの要因になるかも」「今回はお前がいてくれて助かった。よう考えたら、実に恐ろしいことだ」最後の方は独り言のように言った。

邦子は兄が、「今回はお前がいてくれたから助かった」と言った意味が解らなかった。

女性が尋ねて来たことについて博幸は、(勝手に押し掛けて来て、既成事実がある、なぞと言い触らされては敵わない) ただただ、おぞましく感じていた。

このようなことがあってから邦子は(兄ちゃん、早いこと良いお嫁さんが必要や) と思い、自分がいつまでも、兄の側にいてはいけないのだと思うようになった。

厳しい六甲颪が和らぎ、優しい磯風となり、桜の木が、花から新緑に変わった六月、邦子は、元気な男の子を出産した。

兄姉皆で相談し、耕介と名付けた。父のように真面目で、実直な人になって欲しいとの願いを込めて名付けた。

そして秋になり、邦子の体力が確りしたので、加寿子と順子が母子を引き取る話を持ち出した。

「兄ちゃんも早よ、お嫁さん貰わないかんからな」

「なんか、お前らに脅迫されてるみたいやで、好いた人もおらんのに」

「あー、心配せんでええで兄ちゃん、私がええ子見付けたる」

「それの方が余計心配や加寿子、お前に似た性格のヤツはごめんじゃ」

「私のな、女学校時代の友達が今、西宮の小学校の先生してるで」

「加寿子に嫁はんの心配して貰ろては俺もお終いじゃ、自分のことぐらい自分でする、心配するな」

「そうか、あの子美人やで、惜しいな」

「ええて、兄をからかうな、それより耕介、確り育ててやれよ、良いな」

「解った。時々連れて来たげる」

「何か、攫（さら）われていくような気するな、耕介、ええ子になれよ」博幸は、耕介の小さい、柔らかな足を両手で握りながら言った。


塚口の市場内の店は、長年の働きによって、年寄りになった店主から譲り受けることが出来た。更に、四人で暮らすために、市場の近くで、綺麗な町並みの中に有った借家に移り住んで、親子を引き取る準備をしておいた。

その家に、博幸が自分の車で、四人を送ってきた。

「ホー、なかなか綺麗な、静かな町だ。表で遊んでもこれなら心配ない」

「そやろ、そのことだけ考えて探したんや」

「なるほど、加寿子にしては上出来じゃ」

「私かてお母ちゃんの一人やからなコウちゃん、アンタのお母さん三人やで、解ったな」

と加寿子が抱いている赤子に言った。

「そやでコウちゃん、三人もお母ちゃんおるんやで、元気に育ちや」と順子。側で邦子が笑っていた。博幸は、

「時々、様子見に来る、何かあったらすぐ電話せえよ」と言い残して帰って行った。それを見送りながら、

「兄ちゃんすごい羽振りええねんな、ドイツの車やし、あれ」と加寿子。

「そやから、狙われるねん、な、東京から押し掛け女房に来た人いたんやろ、邦ちゃん」

「うん、ちょっと可哀そうやった。兄ちゃんものすごくキツい言い方して、追い出したから」

「そらそうや、見ててみ、十人ぐらい押し掛けて来るで、就職難やからな」

「お父さんみたいに、上司の娘押し付けられたりして」

「あり得るで、上司の娘も、賢い人なら良いけど」

「兄ちゃんな、女難の相あるのかな言うてた」と邦子が言った途端、姉二人が大声で笑い出した。加寿子に抱かれている耕介が吃驚して泣き出した。

「よしよしよし」加寿子と順子が同時に言いながら家に入った。

その後も邦子は、兄の車が走り去って消えた道をジッと見詰めていた。その目には遠い

日の、父と兄の姿が重なっていた。

独り取り残されたタミの家に、近所の、時間を持て余しているお婆さん達が、タミの巧みな誘導で集まり、ひとしきり、世話になっている息子の嫁の悪口を、お互いに言い合っては意気投合し、慰め合い、ついでに息子の悪口も散々言っているうちに、言う必要のないことまで言っては悪口の共謀者となって、仲良く生き甲斐を感じ、毎回飽きもせず、同じようなことを言い合っては時間潰しをしていた。

「そやからな、娘は一人、自分の側に置いとかなあかんねん、言うたげたのに」

「そやかて、引き留めようないで」

「本人同士、気い合うたら、引き留めようないな」

「そいで房江はんとこ、嫁はん、余計に元気づいたんか」

「そやねん、昨日もな、ワテの茶碗、一番後で洗とんねん、嫌な顔しながら」

「嫁は嫁や、元々赤の他人や、いざという時は自分の娘やないと、親切に世話してくれへんよってな」

「未だワテら、動けるからええけどな」

「動けんようになったら、何されるかわからへんで、蹴飛ばされるで」

「あんまり惨めになりとうないな、うまいこと、コロンといかんかな」
「誰でも皆、そない思てるで」
「そやからイロイロ、ご信心があるわけや、願い通りになるかどうか解らへんけど」
「惨めにならない確実な方法は、自分の娘が側にいることや」
「そやな、そう出来たら一番ええけど」
「あんたとこも、一番おとご（末っ子）、残しときや」
「そうや、折角エラい目して育てたんや、皆、嫁に出すことないで」
「園部はんとこ、三人も娘さんおったのに、近頃見んな、どうしたん」
「信心の話やけどな、惨めに年くいとうなかったら」とタミ、「教会で洗礼受けへんか、洗礼受けたらな、どんな悪いことしてても、全部チャラになるで」
「それどういうこと」
「洗礼受けたらな、それまで犯した罪、神さんが全部消してくれはるねん」
「別に、消して貰わなならんほどの罪、犯してへんけどな」
「それで、あんた、洗礼受けたんか」
「そうや、そやからワテは今、聖人や、幸せやねん」
「へー、そうなん、結構やな、そしたら、洗礼受けた後で罪犯したら、どうなる」

「告解(こくげ)したらええだけや、そのたんびに、どんな悪いことしても罪は全部チャラにしてくれはるねん」

「その宗教って、悪いことしなはれ、そしたらなんぼでも許したる言うてるみたいやな」

「ほな、あんた、平気でなんぼでも悪いこと出来るな」と一人のお婆さん。

「そんな都合のええ宗教ないで、園部はん、アンタ何か勘違いしてはるのと違いまっか」と別のお婆さん。

「聖人でっか、もったいのうて側にいてられへん」と呟くように言ったお婆さんは、「そや、用事思い出した」と立ち上がったのを潮に、三人とも続いて土間に降り、

「長い間お邪魔しました。おおきに」

「尊いお住まいや、ワテらみたいな罪深い者が来たらあかんねん」と、結構聞こえるように言いながら、ゾロゾロ出て行った。

タミは、（この作戦は失敗したな。しょうない、こうなったらいよいよ、教会で獲物、探したろ。皆、ワテのこと信用しとるし、金持ち多いから、幾らでも適当なんおるやろ。信者やからな、皆情け深いから、泣き付いたらすぐ出しよる、そうしたろ）とお婆さん達が使った湯呑茶碗を片付けながら、

「あいつら、引っ掛かりよれへんかった。毎日茶飲ましたっただけ損した」とボヤいた。

自分で真面目に働くことを知らないタミは、生活に困窮し、日曜日、教会に行く度に、優しく声を掛けてくれる年配の女性から、二千円、三千円と借りた。

「必ず返します。今回だけです。絶対に返します。一万円貸して頂けませんか」と言っても、一回借りる金額はタミの希望通りにはならなかった。いくら裕福な家庭でも、教会に大金を持って来ている人はいない。

言われて誰も断ることが出来なくて、財布の中からあり合わせを出した。

最初の一回は、殆どの人が、困っているならと上げる積もりで、献金の積もりで渡した。信者やから、困っている者を助けるのが当然、と自分に都合良く考えることが出来るタミは、(借りてしもたら、こっちのもんや、キリスト教信者やからな、煩い催促ようしよれへんで)(騙したんちゃうで、あるとこから、ないとこへ行くのが自然の理屈や)(向こうかて、助けてやった思って、エエ気分になりよる、エエ気分にさしたるんやからその代金や、芝居でも木戸銭払わな、エエ気分になられへんからな)(良いことしました。助けてあげました。園部さんが幸せになりますようにと、お祈りしてくれとるで)(皆さん天国に行きたい人ばっかり集まっとるんや、慈悲深くしたら天国行けるがな、そうや、慈悲深く出来る相手おらんかったら、慈悲深く出来んわな。そんならワテは、あの人ら天国に行けるように、助けてやってることになるで)(そんなら、なんぼでも借りたる方がエエねんな、遠慮せんでもエエねん、皆さん天国に行かしたるがな）最初から返す積もりは全然ない。

信者の方も、タミに金を貸したことを誰にも言わなかったので、被害は広がり、その人達がそれぞれに、それとなくタミを避けるようになり、教会に行っても誰一人、親切にしてくれる人がいなくなった。言葉を掛けてくれる人もいなくなった。騙す相手がいなくなり、居心地も悪くなって、次第に教会の門を潜ることが出来なくなった。

手に入れた金は全て、ギャンブルに費やし、贅沢な買い物をして消えてしまった。次なる獲物を探す当てがない。

仕方なく、知恵を絞った挙句、町の金貸しから、家を抵当にして僅か一万円を借りた。家の権利書は、博幸が、耕吉の荷物を持ち出した時、金蒔絵の箱に入っていたが、博幸も急いでいたので、中身まで見ていなかった。

町の金貸しは、権利書なしで、タミに金を貸したが、そんなこと、彼らにとって、どういうこともなかった。そして三ヶ月後、僅か一万円のために住む家をなくしてしまったタミは、風呂敷包み一つ提げて、町から彷徨い出た。

昭和三十六年八月、小学生になった耕介を連れて邦子は、ケーブルカーで生駒山に登っていた。寒いぐらいに感じるそよ風の中で、耕介は遊園地の中を走り回り、次々と乗り物に乗ってはしゃいでいた。

「お母さん、あの一番高い」

「観覧車か」

「うん、観覧車にも乗りたい」

「解った、乗ってみよな」その言葉も終わらないうちに、耕介は走り出した。

「コウちゃんそんなに走ったら危ないよ、待ちなさい」

邦子は耕介の後を懸命に追った。走りまわっている耕介を追いかけるのに若い母も草臥（くたび）れてきた。

観覧車は先ほどから、誰も乗っていなくて、ゆっくり廻っていたので、耕介が辿り着くと、すぐに止まった。

「お母さん早く、早く」耕介が母を急かせた。

退屈で眠っていた係の小父さんが、耕介に話し掛けた。

「どこから来たんや」

「塚口から」

「お母さんと二人だけで来たんか」

「そう、僕お母さん三人おるんやで」

「へー、そら豪勢やな」

「うん、豪勢や」

「ゆっくり気い付けて乗りや。坊や、乗ったらはしゃいではいけないよ」

「はしゃいだら、どうなる」

「落ちるがな、あの上から、ドスーンと落ちてしまうから静かにしてなさいよ」

この子、かなり腕白（わんぱく）だと思った小父さんは、少し脅した。

「落ちたらどうなる」

「ベッしゃんこになって死んでしまうで」

「箱の中におるのに、何でベッしゃんこになるの」

「えー」小父さんは答えに窮した。

「小父さん、静かにしてるよ」耕介の満足げな表情に小父さんは（手に負えんでこのガキんちょは）といまいましくなった。

追い着いた母と小父さんが顔を見合わせて笑い、邦子は搭乗券を渡してから、小父さんに軽く頭を下げ、耕介に続いて乗り込んだ。外から小父さんが鍵を掛け、ゴンドラはゆっくりと上昇を始めた。

半分ぐらい上がったところで、遠い眼下に海が見え、真下に大阪平野の町並みが、教科書に出てくる地図のように広がって見え始めた。邦子はそれをじっと見ていた。

(あんな小さな所で、憎しみ合ったり、泣いたり笑ったりしてたんや、アリンコより小さな存在でしかないのに)邦子はそんなことを思い巡らしていた。

大阪城が見えた。そのことを教えようとして、横に座っている耕介を見ると、ポカンと口を開けた彼の目は右、左と忙しく動き空に吸い寄せられていた。

そして、

「お母さん、空大きいね、どこまで続いているのかな、もっともっと、上に上がりたい、どこまで行くのかな」と独り言のように言って、その顔は嬉しそうな微笑みに満ちていた。

耕介の思考は今、全部、大空に吸い寄せられているのだと思い、その、あどけない表情につられて邦子も大空を見た。そして、耕介の頭の中は今、何にそんなに強く惹かれているのか、耕介の心の目に、何が映っているのかと、思いを馳せた。

ほどなく二人が入っているゴンドラは下降に換わった。

終点に着いても耕介の目は空を見たまま、止まったことに気の付かない様子で動かない。

邦子は、「コウちゃん、降りるよ」と促した。

「え、もう終わり」

「降りても空は見えるよ」

「そうか、そうか」大人のように答え、慌てて降りた。

「ぼく、どうやった、面白かったか」小父さんがニコニコしながら尋ねた。

「うん、空、ものすごくデカかったで」満面の笑みで答えてから、

「小父さん、ありがとうございました」とペコリ、頭を下げた。

思い掛けなかったのか小父さんは、耕介につられて頭を下げ、「どう致しまして」真顔で答えてから、

「坊や、怪我せんようにな、元気でな」

「うん、小父さんありがとう、さようなら」

邦子も慌てて、

「ありがとうございました」と小父さんに一礼し、走って行く耕介の後を追った。

小父さんは大切なものが手から零（こぼ）れた思いで、去って行く親子を見ていた。


加寿子は数年前から、自分達の店を順子と邦子に任せて、元本店の商売を手伝い、学校給食のパンを配達していた。その軽トラックを前庭に止めた土曜日の夜、京都の大学から耕介が帰ってきた。

近頃は理学部で天文学系の助手を務め、忙しいのか滅多に帰って来なくなったが、久しぶりの帰宅で、耕介の好きなスキ焼きの夕食になり、四人での和やかな時が過ぎていた。

「お母さん」と耕介が呼ぶと、三人が一度に、

「ハイ」と答えた。耕介は内心、相変わらずや、と思って笑った。

「どうしたん、早よ言うてみ」と加寿子。

「コウちゃんの言うことは大概、驚かへんで、鍛えられてるから」と順子。

「あの、アメリカに行っても良いですか」

「そらきた」と加寿子。

「先生がアメリカの大学に招かれたので、一緒に行こう言うてくれてるので、チャンスやから、僕の前からの希望やから、行っても良い」

加寿子と順子が、邦子の顔を見た。邦子は微笑んでいたが黙って食事を続けている。

邦子は解っていた。何時言い出すかと密かに想っていたので、その時が来たのだと思った。幼い時、観覧車から見た大空が、ずーっと耕介の心を占めていることを理解し、見守ってきた。

「ええらしいで」と順子。

「ええのん、僕アメリカに行っても」

「許したる」と加寿子。順子が頷いた。

「チッチャイ母さんは」と耕介が邦子を見た。

「解ってる。行ったら良い」と邦子が、耕介の顔を見て微笑みながら言った。

「僕、おらんようになっても、お母さん達、泣かへんか」

「泣くか、このタコ坊主、誰が泣くか」と加寿子。順子と邦子が笑い出した。

「ありがとう、手紙書くから」

「英語で書いたらあかんで、母達は読めんから」加寿子が真面目な思いで言った。

「そんならフランス語で書くわ」

「コウちゃん、フランス語も出来るんか」

「冗談や、本気にしてどうするの」

皆で笑い合って、語り合って、賑やかに夜が更けていった。


その年の暮れ、早朝の伊丹空港は、かなり冷え込んでいた。

外は未だ暗くて、真夜中まで降っていた雪がやみ、満天の星が鮮やかに輝いている。

一番電車で来た姉妹三人が、国際ロビーの案内所横で待っていた。

「ちょっと早く来すぎたな」と話しながら右や左を見ては、

「どこから来るのん」

「さ、解らんわ」

「ホンマにここでええのん」

「案内所の横で待ってて言うてたな」

「未だ他に、案内所あるんかな」

「こんな所、来たん初めてやしな」

「行き違いになったらどないしょう」

「未だ、時間早いから、ウロウロせん方がええで」

三人で、落ち着きのないことを言い合っていると、教授のお供をした耕介が近付いてきた。

「先生、母達です」

「この度は、大変お世話をお掛け致しますが、何卒宜しくお願い致します」と順子が言った。加寿子と邦子がそれにならって、

「宜しくお願い致します」と言った。

「コウちゃん、荷物預けな、荷物どこにあるのん」と加寿子。

「もう預けたよ、それから、先生、玄関まで迎えに行ったから」

「そうやったん、私らより先に来てたんや」

「会えんかったらどうしよう思て、気もんだな」と順子
そんな姉達と耕介の会話を、邦子が微笑しながら聞いていた。

「では、行ってきます。加寿ママも、順ママも心配せんで良いよ、ちょっとそこまで行く
だけやから」と笑顔で言ってから、耕介は邦子の顔を見詰めた。

教授と姉達が再び、何か挨拶し合っていたが、邦子は溢れそうになる涙を胸の中に押し
込んでいた。

「では暫く、息子さんをお借りします」

「宜しくお願い致します」と順子。

歩き出した教授と耕介の後を追いながら順子が、

「エラい時代になったな、アメリカやで、アメリカに行くねんで」

「つい、こないだまで、戦争してたんや」

「そやのうて、ちょっとそこまでやて、アメリカも近くなったな、私らも行けるんかな」

「行ってみたいな、どんな国か見てみたいな。撃ちてしやまんやで」

「メリケン獣は断じて撃てやで、後ろの黒板に書いたったな、小学校の時」

「あれ何やったん、ホンマ、よう解らんわ」

「その国に行くんやで、コウちゃんが」

加寿子と順子が、頻りに小声で話しながら歩き、五人でゲートに向かった。

邦子は、姉達の後ろから付いて行きながら、立派に育ち独り立ちして行く、肩幅の広い、耕介の背中を見詰めていた。

第一ゲートに着き、師弟が並んでいる人達の背後に着いた。姉妹は列の側から少し離れ、ゲートの入口がよく見える位置に立って待っていた。

ゲートが開き、二十人余り待っていた人達が次々入口に吸い込まれていたが、姉妹の目は、耕介の背中に釘付けになっていた。

やがて教授が、姉妹の方に軽く頭を下げて消えた。耕介が手を振ってゲートに入った、と、顔だけ戻って母達にもう一度笑顔で手を振ったので、後に続いていた人と頭がぶつかって引っ込んだ。

その後も、姉妹は暫くゲートを見詰めていたが、加寿子が先に動き出した。

順子がその後に続きながら、

「あの、おっちょこちょい、カズ姉にそっくりやで」

「そらそうや、私の……」加寿ママは、足を速めた。

言葉を詰まらせた加寿子に、順ママも、にわかに溢れそうになった涙を堪えた。

邦子は、二人の後ろから付いて歩きながら、そっと手を合わせて、

（大切な預かりものでした。無事にお返し出来たことを感謝致します。ありがとうございました）

心の中で、静かな思いで祈った。

著者プロフィール
近藤 美津枝（こんどう　みつえ）

経理専門学校実務科１級卒業
経理事務　　25年
ＮＰＯ代表　20年

後書き

私のつたない文章が、文芸社の優れた方に託されました。大変に思いがけないことでした。

ご担当下さいました阿部俊孝様には、多大のご負担をおかけ致しましたこと、幾重に御礼を申し上げても足りない思いでおりますが、尊い御旨の御配慮があったものと感じております。大変なご苦労をおかけいたしました。

本当にありがとうございます。心より深く御礼申し上げます。

この作品をお手にとってくださった貴方様へ、
「有り難う御座います。どうか御旨の深い愛に包まれてお過ごし下さいますように。」

輝く、スカイブルーのドーム／実子虐待の真相

2023年11月15日　初版第１刷発行

著　者　近藤 美津枝
発行者　瓜谷 綱延
発行所　株式会社文芸社
〒160-0022 東京都新宿区新宿１－10－１
電話 03-5369-3060（代表）
03-5369-2299（販売）

印刷所　株式会社晃陽社

ISBN978-4-286-24552-2